禮物

present

宋文郁 著

變成超新星的我們

——蔣亞妮（作家）

打開《禮物》閱讀，像是收到來自過往人生的禮物。我想起多年來最喜歡問新朋友的一道問題——「你最早的記憶是什麼？」文郁在這第一本散文集中的〈Filmstrip〉裡頭，隔著時空與實體距離，間接回答了我：「有意識以來記住的第一個景象，是外公外婆房間的天花板。我說不出那張天花板是什麼材質，只知道是泛黃的米白色。我記得小時候總愛數天花板上的格子，事到如今卻已經不記得那些格子的樣貌。」因此，還未見到她的人前，我便確認那斑駁的禮物盒裡頭，有情意貴重、有記憶深厚，那些厚重會自己開始寫信，寫給未來的「我」、寫給有相近郵遞區號的同類、寫給等待來信的任何人。

散文的揭露，雖然往往是揀選過的，赤誠的片段、赤裸的自白，但都是能寫能說的事。即使如此，當你讀到文郁跟你說，從前從前她還叫林文郁，後來才變作了宋文郁；當她說起「阿咕咕」是她的舅舅，從他身上她識得了某些日常說來無痛的辭彙，背後傷害的作用力道能多強……考上社會系後的她，一次與教授談起從前經驗：「小時候同學間都會用『神經病』來罵人，我也學了起來。有一次在家裡脫口而出，媽媽把我拉到角落，對我說：『不要再用這個詞來罵人。妳現在說的神經病，就是最疼妳的舅舅。』長大之後，我才意識到『神經病、智障』這些詞聽在少數人耳中是多麼令他們疼痛。」她又接著寫：「是因為我愛的人是那群少數，所以我感受得到他的疼痛。」文郁寫的疼痛，都來自愛。《禮物》中說的愛，很多，就像它說到的害怕與痛，也一樣多。因此即使妳知道，那些片段像是經過了蒸餾與過濾一般，透過書寫，讓它們在文字裡安身，讀的時候，依然會因為感受到愛的震動，而隱隱作痛。

愛本來就是這樣的存在，因為心有所愛，人才開始懂得害怕。文郁的害怕，也是每個人隱而不宣的心事：「但我還是害怕。我害怕很多年以後，我下班回家，打開家門，卻看見裡面一片漆黑、空無一人。我害怕新年的時候只能孤身一人吃飯，圓形的飯桌上擺著其餘五副空著的碗筷。」空的餐桌，六人份的碗筷，是她成長的家中人口數。在散文裡，其他的六分之五，她都曾背向與逃離，但當你讀完每一篇，便能讀懂愛的雙生子，不是恨，是害怕，害怕也有它明確的真名，像是失去與別離，或者死亡。文郁如此年輕，她所書寫的許多當下，是剛離開不遠的高中時期與有著簇新氣味的大學場景，而她的字已很難用早慧來形容；果子提前開始成熟，是早熟，人提前開始知曉自己歲數不易知曉的世情，才叫早慧。可文郁卻有著在一整株未開果樹上，好好地、已完整熟成的果子樣態，情緒收斂得清清爽爽，用字節制到一片潔淨。

回到她最早的記憶，在我的蒐集裡，真正最早的記憶多半是往天空看的過程，因為嬰孩時期的我們得長時躺著，看著形色不同的空景，有人記住了嬰兒車的蓬蓋、有人則在床與沙發之上，而屬於我的空景是夜空。滿是星星的空景，成為我後來人生裡，試圖以書寫追尋、重現的一種圖像暫留。《禮物》也讓我想起星星，天文裡頭的超新星（Supernova）。新星與超新星的「新」，其實並不是指它們誕生的時間，而是來自它們的異常明亮，往往因為這忽然顯露的奇異亮度，某顆星星才被注意到。文郁就像超新星，卻不是因為她的年輕，超新星反而並不年輕，然而要說它們多麼年老，卻也不是。它們古老卻也像是新生，讓我試圖以故事來說明。

〈精神病院的午後〉裡，文郁再度寫及她的「阿咕」，透過外公的回憶，場景是這樣的：「你剛出生的時候我每天下午都會開車載全家去月子中心看你，但你阿咕嫌不夠，所以早上他會先自己騎車去一次，就這樣站在窗外看你。每天這樣自己騎去，下午再跟我去一次，就這樣整整一個月。……外公看我沒反應，又再說了一次：『一個月喔』。我笑著說：『我有聽到啦』，卻突然有些哽咽。」她記得最早記憶中看到的是誰的天花板，就像她一直都有聽見外公、阿咕、媽媽的告別，即使告別有時無聲。種種她擁有的告別，或許才是整段記憶、故事與故事中，真正過早降臨的。

超新星的誕生與激光，總是來自一顆恆星的死亡，質量的塌縮。物理世界的溫柔，是我想分享給文郁的禮物，身兼天文學家與科幻小說家的卡爾・薩根（Carl Sagan）告訴了世界：「The cosmos is within us. We are made of star-stuff. We are a way for the universe to know itself.」（宇宙就在我們之中，我們是由星塵構成的，也是宇宙認識自己的方式。）恆星告別，新星誕生，即使「我們」之中有人告別，我們依然是我們。

我在遠方故事之外，收到禮物盒中「記憶」自己寫下的信，好險好險，我與《禮物》共享同一個郵遞區號，因此才能寫下回信。即使很久以後，妳哭的時候還是不發出聲音，總會有人發現，總會有人在愛、在害怕、在書寫前往的另外一頭。

目次 Contents

輯一

駱駝、獅子、嬰兒

禮物

說來慚愧，因為我是家族裡唯一的子嗣，從嬰兒時期呱呱墮地那一刻開始，我便非常享受周圍的世界以我為中心轉動的感覺。媽媽的娘家將我捧在手心照顧，彷彿我是小王子星球上那朵任性嬌嫩的玫瑰。小時候的我想要什麼便會伸手去拿，在我還不會說話的時候，則是發作式的嚎啕大哭。媽媽說我牙齒還沒長出來的時候她餵我喝奶，我用力吸吮卻喝不到，於是開始大哭，接著用牙齦咬破了她的乳頭。左邊受傷之後用右邊餵，右邊乳頭卻也被我咬破，只好暫時泡奶粉餵我。

或許嬰兒這樣不算是任性，只是沒有自覺地發洩而已。但是我長大之後，家人仍然寵溺我，讓我真正成為了一個任性的小孩。

我的舅舅尤其溺愛我。他在十七歲那年得了精神疾病，之後斷斷續續的工作，住在家裡靠著政府補助金生活。直到他三十六歲那年，我出生了，他彷彿重新找到了自己生活的重心，媽媽出去工作的時候，他和阿姨就在家照顧我。

他們會牽著我去散步，舅舅會抓路邊花圃上的螳螂給我看，然後跟我說母螳螂交配完會把公螳螂吃掉。我問為什麼，他說他也不知道。出太陽的時候他會帶我到家門口，拿出放大鏡，用放大鏡在葉子上燒出一個洞。我震驚地看著那把放大鏡，舅舅得意地笑說：「很厲害吧，這是有物理原理在裡面的。」

儘管他的生活再怎麼痛苦，儘管他走在路上的時候總覺得鄰居都看不起他、對他指指點點，但在當時兩、三歲的我眼裡，他是那個什麼都做得到的舅舅。所以他也盡力去符合我眼中的他，我想要的，只要他能做到，他都會為我去做。

有一次我們散步到雜貨店，看到一台鮮紅色的遙控車，可以倒車、甩尾，還有播音樂。我衝進雜貨店玩了很久，舅舅笑著在旁邊看。玩了一陣子之後我抬頭看舅舅，說：「阿咕，我想要這個。」

舅舅不知所措地看著我，再看看那台車：「可是太貴了。要一千五百塊，阿咕沒那麼多錢。阿咕以後有錢就買給妳。」

我搖搖頭，低下頭看著那台車。

「乖，我們回家好不好？」舅舅想要拉我的手，被我用力甩開，我抱著遙控車坐在地上大哭起來。

旁邊的家長都轉過頭來看，舅舅焦急地說：「對不起，妳不要哭了，之後有錢就幫妳買，我們回家好不好？」

但我仍然繼續大哭，哭到老闆都走過來問我：「妹妹，不然我送妳糖果，好嗎？舅舅沒有錢，妳下次再買。」

直到媽媽接到電話之後趕來把我拉回家，把我罵了一頓，我才不敢再哭。

那天晚上，我躺在床上把自己包在棉被裡，舅舅敲門進來，拿了一台玩具車給我。

那台玩具車很小，跟橡皮擦差不多大，顏色是深紅色。

「舅舅剛剛去買了這個，妳先玩這個好嗎？遙控車以後舅舅有錢一定幫妳買，對不起喔。」

我從棉被裡探出頭，看見那台小車之後感到一陣憤怒，伸手把玩具車打到地上。

那一刻，我感覺到有什麼東西碎裂了。

現在回想起來，我非常想掐死過去的自己。那時候的我只覺得那個什麼都做得到的舅舅讓我失望了，卻不知道舅舅即使要領政府的身心障礙補助金，還是想幫我買我喜歡的東西，也不知道回家之後舅舅對媽媽哭了很久，問她：「我是不是很失敗？要是我找得到工作，就可以幫她買玩具了。她現在是不是也瞧不起我？」

那晚，舅舅默默撿起玩具車放在我旁邊，然後離開房間。

後來媽媽再婚，我跟著媽媽離開了外公外婆家，只有週末才偶爾回去。舅舅的生活又再一次失去重心。

幾年後，舅舅被診斷出肺腺癌末期，後來關於他的記憶大都是安寧病房內他躺在病床上的模樣。

他在二〇一三年的九月去世，距離現在也快七年了。

或許直到那時，我才真正地從一朵任性的玫瑰，變成一隻成熟而溫柔的狐狸。

—✝—

前陣子我剛考完學測，到大學面試時，社會系教授問我，我在備審裡面提到我想成為一個能感受到他人痛苦的人，這件事對我有什麼重要性？

那時我突然想起舅舅，所以我跟教授說了我小時候的故事。

小時候同學之間都會用「神經病」來罵人，我也學了起來。有一次在家裡脫口而出的時候，媽媽把我拉到角落，對我說：「不要再用這個詞來罵人。妳現在說的神經病，就是最疼妳的舅舅。」

長大之後，我才意識到「神經病、智障」這些詞聽在少數人耳中是多麼令他們疼痛。

「然後我才知道，當一個指特定族群的名詞變成罵人的詞的時候，一定有哪裡出了問題。如果我舅舅沒有精神疾病，我大概一生都不會覺得這有哪裡不對。可是因為我愛的人是那群少數，所以我感受得到他的疼痛。在意識到這件事情之後，我就沒辦法不去想，除了我愛的人之外，還有好多好多人在承受一樣的疼痛。」

教授聽完之後笑了，說：「我覺得你不用來社會系，就已經能感受這些疼痛了。」

我不知道這是褒是貶，所以困惑地跟著笑了起來。

放榜之後我跟媽媽說我考上台大社會了，媽媽抱著我說恭喜。

我想了很久，跟媽媽說，上大學之前，我想回老家看看舅舅和外婆，告訴他們我已經準備要上大學了。

舅舅送我的那輛紅色玩具車還擺在我書桌的一角。

現在我知道，他已經給了我他所能給我的一切。

有時候他會對我說，阿咕以前也是台中二中的，要不是高中的時候生了病，大概會成為醫生，跟喜歡的女生結婚，然後生幾個小孩，變成一個成功的人。

如果可以，我想告訴他，不管有沒有生病，不管對這個社會來說他是不是一個成功的人，在我眼裡，他永遠是我最喜歡的舅舅。

如果可以，我想告訴他，那輛玩具車是我收過最棒的禮物。

（原文刊於二〇二〇年十月十三日《聯合報》）

上年

我猶記得那天，台中榮總太平間內，小圓鐵椅貼著大腿的冰冷觸感，以及冷氣運轉的嗡嗡聲，配著我們念《般若波羅蜜多心經》的韻律呢喃。

在他死後，我們還念了好多次《般若波羅蜜多心經》，每一次感覺都是那麼炎熱、那麼不安，黏膩的空氣彷彿嗆住鼻腔，讓我們心浮氣躁、難以呼吸。

唯有那一次，在太平間，我們圍著他、看著他的臉念經的時候，空氣是沉靜而冰冷的。

我不知道是因為那一次，只有重複朗誦《心經》上的字句才能平息我們內心的波瀾，還是單純因為旁邊放了一台舊式冷氣機。

總之那天我們念經的過程是格外安定的。

誦完經後，我們繞著他坐下，開始閒聊式的談起他生前的種種。

我想我們當時是有些淡然的。他在安寧病房的最後幾個月，醫生說過五次「可能就是這幾天了」。每一次，媽媽都帶著我從桃園趕到台中，待了幾天後發現他談吐自如，滿面春風，便又收了收行李回去工作。

儘管每次回去探望他都是對日常生活的一種中斷，然而對於這樣的事情，沒有哪一次是能夠錯過的。

在神經緊張的五次奔波之後，我們對於醫生終於預測到的最後一次早已做足了準備。我們想像過太多次這種景象，在他死後，我們將坐在太平間，圍著他說話。在某種程度上，他從癌症的痛苦中解脫，我們則從束手無策等待他死亡的煎熬中解放。

數小時後，救護車來了。媽媽和他的看護陪著他上了車，其餘人先坐上外公的車回家。

我們坐在客廳等待，終於看見那輛未鳴笛的救護車在家門口停下。

「哥哥，我們回家囉。」媽媽對平台上的他說。

短暫停留後，救護車又載著他走了，大概是往葬儀社開去了。我不知道，他們要我留在客廳裡睡覺。

我忘了那晚我是怎麼睡著的。那些親人死掉的人在那天晚上都是怎麼睡的？

我只記得醒來時已經天亮，飯桌上的筷子從此空了一雙。

那年我十二歲。

—+—

我五歲那年，媽媽突然要我把喊了一年叔叔的男人改叫作爸爸。我想當時我也明白這是什麼意思，只是還不明白這會如何改變我的生活。

自那天以後，我們的生活彷彿被硬生生插進了一個人。但對他來說，應該是插了兩個。

他是客家人，在桃園有個大家族。媽媽那裡的親戚寥寥無幾，舅舅和阿姨都沒有子嗣，我是家族中的獨子。我們只有在遠房親戚中有誰結婚時才會出現在喜宴、和生疏的遠親同桌，說不上話只好低頭狂吃。所以我尤其羨慕他和他家族那種做什麼都在一起的緊密聯繫。在他和媽媽結婚之後，我忽然也有了個大家族，他們也用某種微妙的形式接納了我。我在過年時坐上紅色的圓桌，和他們一起吃飯。數不清的碗筷中，我和媽媽各拿了其中一副。奶奶不大喜歡媽媽，但她還是包給我兩千塊的紅包。我想她的紅包不是給我，而是給我內孫女的身分。

我們拼布般湊成的家庭做的事情其實也和一般的家庭沒有什麼不同。繼父是電子工程師，上班時間通常不短，但總能挪出時間帶我們出去玩。我們在春假期間到武陵農場露營、週末抽空去永安漁港騎腳踏車看海或者到 COSTCO 暴買，連假就去更遠的地方，例如高雄，或墾丁，或日本。

只是，有那麼一次，母親節，我們三人開車到餐廳替他媽媽慶祝。途中，他先下車去買東西，留下我和媽媽在車上。我和媽媽一同望著他的背影時，我突然想到，再過十年、二十年，我也會帶著我的小孩去餐廳慶祝母親節。屆時，我的孩子會叫我媽媽外婆，這理所當然。但他們也會叫我爸爸外公嗎？爸爸會帶著什麼樣的表情看他們？是否真能如同對待自己的孫子一般自然？

我竭力想像，卻發現自己無論如何都想像不出那樣的未來，我看不見他和藹地抱著我子女的景象，或許正因那些景象本來就不會存在。

他們的婚姻維持了八年便告終。媽媽打了太多針，吃了太多藥，卻始終沒有懷孕。舅舅的癌症也花了太多錢和時間。

「沒有哪個嫁出去的女兒這麼常跑回娘家的！」他怒吼道。

「我哥哥生病了，你能不能有點同理心？」

「我同理妳，那妳有同理過我嗎？我替妳們做的已經夠多了！」

我不知道他們後來說了什麼，總之最後爸爸把媽媽推去撞櫃子，所以他們離婚了。

我同樣不知道當晚我是怎麼睡的。總之，十三歲那年，我和媽媽搬出那間公寓，租了大學附近的一間小套房來住。

他們簽離婚協議書的時候我在上課，但他託媽媽拿了一本書給我。他知道我喜歡看書。

我還記得那本書是《少年Pi的奇幻漂流》，他在扉頁上寫了「爸爸」跟當天日期，還有一句「看書是好興趣」。

那時我突然意識到，其實他也盡了一切在努力。他也試著當個好丈夫、好爸爸，但他做不到，就如同我媽無法當個好老婆，而我也無法心無芥蒂地當他的好女兒。

那本書後來借了人就找不到了。至今我始終沒看完過。

在我和媽媽搬進小套房的期間，她開始吃一種能讓情緒穩定下來的藥。吃了那種藥後她會變得很和藹溫柔，不再情緒化。老實說我當時還滿喜歡她那樣的狀態，那樣的她好相處得多。

吃完藥後的晚上，她會在睡前和我聊天。偶爾她會提起我親生父親的事，說他是個惡魔，但也因為有他，才能有我這樣一個天使。

我問她既然我少了爸爸那裡的家人，現在我的家人只剩下她和外公外婆還有阿姨。如果以後他們都死了，我要怎麼辦？

她說不用擔心，到時候妳早就已經有了愛人，可能還有了小孩。有朋友也行，總之人會替自己找到重要的事。

但我還是害怕。我害怕很多年以後，我下班回家，打開家門，卻看見裡面一片漆黑、空無一人。我害怕新年的時候只能孤身一人吃飯，圓形的飯桌上擺著其餘五副空著的碗筷。

「那如果你們都死了之後我還找不到其他重要的東西，我就自殺好了。」

「不可以。妳要開開心心活到一百歲。」她說。

我還想說些什麼，但轉頭看去，發現媽媽已經迷迷糊糊地睡著了，只好說聲晚安，關上小夜燈。

—†—

在那之後又過了三年，現在家庭成員只剩下我、外公、阿姨和媽媽。我們四人在桃園買了棟四人房的公寓。前陣子，媽媽在美國與伴侶訂婚，便滿懷著對美國的憧憬飛往加州。好不容易考上桃園第一志願，我說什麼也不願意和她一起走，她只好把我留在台灣，讓外公和阿姨照顧我。

媽媽走了以後我不大喜歡留在家裡，只覺得生活無趣，沒有一點變化，所以我成天和朋友往外跑。

幾天前，我和朋友一起去了竹圍漁港。

我們把書包丟在防波堤，脫了鞋往海裡跑。我們讓海水淹到小腿，不敢再往下走，只好站在原地看著海面起伏。

海天一色，陽光燦爛，整片海似乎就只有我們兩個人，還有溫柔包圍我們的風聲。

我朋友滔滔不絕地說著話，但我沒有一句聽進去。我愣愣地看著湛藍的天空，想起好多事情。

我舅舅、我外婆、我繼父、我媽……好多好多人。

好多好多人。

飯桌上空著的碗筷似乎越來越多，總有一天，我外公會死，我阿姨會死，我媽會死，最後會只剩我一個人嗎？等他們都走了，有人能陪我一起辦他們的喪事嗎？

我死了以後，又會有人像我為他們哭泣那般，為我哭泣嗎？

我害怕孤獨，但誰不害怕？

我媽也怕孤獨，所以才會只和繼父交往一年就結婚。

外公也怕孤獨，所以外婆走後才搬上來和我們一起住。

舅舅和外婆也怕孤獨，所以死的時候才會哭。

我跟我朋友也怕孤獨，所以才並肩站在這裡看海潮起落。

大家都害怕，但正因為害怕，所以我們用力愛著我們現在所擁有的一切。

「我覺得我們差不多要回去了。」她說。

我點點頭，和她一起爬上防波堤拿書包。

臨走前我回頭看了海面一眼，忽然覺得自己明白了什麼。

我們六個人一起圍著圓桌吃飯，好像已經是很多年以前的事情了。

但碗筷始終留著啊。

（原文為二〇一八年第十五屆台積電青年學生文學獎得獎作）

曼波，曼波

舅舅難得對我生氣

小時候的事情，幾乎是片段式的回憶。我沒辦法清楚說出小時候發生了哪些事情，但當家人提起時，那些光、那些影子、那些模糊的聲音與面孔，便會隨著他們的故事閃現在我的腦中。

「啊，好像真的有這麼一回事。」我會這麼想。

他們說舅舅喜歡養魚。我隱隱約約記得這件事。

大概在我三歲的時候，好像是在店口靠牆的小角落，舅舅在那裡放了一個圓形的玻璃水缸。裡面有幾隻血鸚鵡，像一顆顆胖嘟嘟的鮮紅桃子在水裡漂浮。

我想近看血鸚鵡時，舅舅會把我抱到粉紅色的塑膠凳子上，讓我把臉貼在玻璃上看牠們。

我很喜歡牠們噘起來的嘴巴。我會試圖伸手把牠們抓出來親親，舅舅笑著說不可以。

有幾次，我趁舅舅不注意把血鸚鵡抱出來，緊緊握在手裡、摸牠們的頭。我無法只待在玻璃外看著牠們，只有真的碰到這些胖胖的魚，我才能相信牠們是真的。

那是舅舅難得對我生氣，幸好血鸚鵡驚魂未定地回到水裡之後仍然健健康康的活著，隔天舅舅讓我餵個飼料，牠們就忘記我是把牠們抓來摸頭的元凶。

那個角落照不到什麼太陽，所以舅舅在上面擺了一盞日光燈照牠們。我聽說有些人的血鸚鵡是會養到褪色的，從阿里山水蜜桃變成岡山白桃。但舅舅的血鸚鵡不是這樣的，牠們一直都那麼鮮紅，鱗片在日光燈下反射著紅光。或許因為舅舅是海洋生物學系的，他很會養魚，但即使有再會養魚的飼主，魚終究還是有死掉的一天。

但我忘了牠們怎麼死的了。這倒是一件令人難過的事情，大家都記得貓怎麼死，狗怎麼死，但很少人會記得魚是怎麼死的。對我們來說，魚死掉似乎就是這樣的：你前一天睡前看還好好的，隔天早上起床，經過魚缸才發現牠浮在水面上不動了。

魚從來沒發出過什麼聲響，連死也是安安靜靜的、不讓人記起來的死掉。

紅龍氣呼呼地抬起頭看我

後來我跟媽媽搬到桃園，舅舅大概也有繼續養魚，只是我回來的時間實在太短，不夠我去記憶他養過的每一種魚。我只記得有一次我和媽媽回台中看外公外婆，我看見空著的魚缸，對舅舅說：「之前那些魚很漂亮，為什麼不養了？」於是舅舅拜託外公載我們到水族館，我們在那裡看了一個下午的魚。我們一起看了紅蓮燈、銀帶、錦鯉、娃娃魚，還有額頭浮腫起來的獅子金魚，最後舅舅因為錢不夠，買了一批一隻不到五塊錢的飼料魚。

「我們養這些飼料魚也算在做功德吧。」舅舅說。我低頭看著塑膠袋裡這些飼料魚五顏六色混雜的斑駁鱗片，脫口說出：「有點醜。」之後外公來載我們回家。

那陣子舅舅的躁鬱症復發了。我想對舅舅來說，養魚是一種療癒吧。在他養魚的時候，他的生命裡終於有一些他能夠保護、控制的東西，在他小小的魚缸裡。

前陣子我在放學路上錯過公車，只好步行回家。回家路上經過街角一家小小的水族館，門口的玻璃長缸裡有一隻巨大的紅龍，在水裡徬徨的左右游動。我忍不住停下來看，因為牠獨自待在空蕩蕩的水缸裡的樣子，看起來實在是太寂寞了。我駐足看牠的時候牠也抬頭看我，牠頭上的玻璃正好用螢光筆寫著「公・紅龍 13500」。老闆跟我說牠把其他比他小的魚都吃掉了，只好單獨養。

紅龍氣呼呼地抬起頭看我。我一直認為紅龍是莊嚴肅穆的，我看見牠們的時候總是晚上，店家會在牠們身上打下暗紅色的霓虹燈。這是第一次我突然覺得紅龍是寂寞的。

而且，我想牠的寂寞是任何人把牠買回去都沒有辦法解決的。就算換了一個缸子，多了幾個同伴，牠這樣的魚仍然只能孤獨終老。畢竟本來就不該生活在玻璃缸裡的。

我長大後看見魚總想起舅舅。

牠的鱗片輕輕滑過手指

舅舅在五年前因為肺腺癌末期進了安寧病房，那時候他已經不能養魚了。一缸飼料魚的後代留在家裡的陽台上，被阿姨和外公有一搭沒一搭地照顧著。

我記得台中榮總的安寧病房裡有一隻銀白色的碩大鯉魚，舅舅待在安寧病房的時候，每天的樂趣就是推著輪椅到大廳看牠。

「牠叫小白喔。」安寧病房的護士說。

水池裡還有很多魚，但小白是特別吸引人的目光的。你把手指輕輕擺在水面上的時候，小白會游過來，讓牠的鱗片輕輕滑過你的手指。

舅舅喜歡坐在水池邊看牠，儘管這已經不是他的魚了。

小白也會抬頭看舅舅，眼神充滿溫柔。我想小白的確是有某種靈性的。牠是我看過最聰明、最溫柔的魚了。

舅舅去世之後，我們要替舅舅領回在安寧病房的東西，在離開之前，我到水池邊和小白道別。小白這一次也緩慢的、輕輕的游過我的指尖。

很多年之後，媽媽和我回台中掃墓時偶然經過榮總，便進去和安寧病房的護士和醫生們打聲招呼。我到水池邊看小白，發現裡面都是一些我沒見過的魚。他們告訴我小白死了，我脫口想問：「怎麼死的？」卻又硬生生收了回來。魚的死對我們來說不就是那樣嗎？

你睡一覺起來，發現牠不動了，肚子翻過來。

但我想小白死掉的場景一定是令人震撼的。牠碩大的身軀漂浮在水中，銀白色的鱗片逐漸變得黯淡，那雙睿智的眼睛直直地凝視著遠方。

你把手放到水面上，但牠不再游過來觸碰你了。

必須是這樣的。小白值得被記得的死亡。

如果我變成有錢人了……

舅舅在家裡養的那些飼料魚也在舅舅去世後一隻一隻死掉了。因為我們家裡除了舅舅，沒有誰特別會養魚。那個下午，我坐在陽台，看著神壇前的玻璃長缸，顏色雜亂的倖存飼料魚穿梭在汙濁的水中。陽光從落地窗外照入，直直穿過玻璃，最後卻在混濁的水缸中停滯了下來。我們換了很多次水，但每次都在飼料魚急促的呼吸中迅速變得混濁。我呆滯地看著魚缸，還有幾隻載浮載沉的魚。有一隻魚側著身體游泳，我伸手把牠撈起來，牠激烈的掙扎，最後掉回水裡。

小時候看舅舅養魚，常常想，以後如果我變成有錢人了，要在家裡放一個比人還大的魚缸，黑暗中的背景要有紅色藍色的霓虹燈光，然後養很多很多魚還有水母，可以有魟魚，還有螢光魚，尤其一定要有眼睛泡泡的金魚，然後再雇一個跟舅舅一樣厲害的人幫我照顧這個魚缸。

看著眼前這些垂死掙扎的魚，我明白我大概永遠不會這麼做了。

想起那一年，我三歲。舅舅把我抱到粉紅板凳上，我緊緊貼在玻璃上看著那些血鸚鵡。

那時候我還不明白，有很多東西不是抓在手裡就不會消失。有很多東西，不是關在玻璃缸裡，就永遠不會離開。

精神病院的午後

長大後，我聽過非常多次大家說「精神病院」。有幾次是恐怖遊戲、小說和電影的標題，不過更常出現在新聞底下的留言裡。大家談起這個詞的時候，通常總是帶點戲謔、恐懼，有時甚至帶著一絲迷信的顏色。就像你說監獄、地獄、集中營，那離人們……離我身邊這些正常的人們太遠了，所以談起它的時候，似乎也不帶一點責任。

聽他們談起這個詞的時候，我想我腦海中浮現的，大概和他們腦中的不會是同樣的場景。

當他們說「絕命精神病院」，我想起我幼稚園下課的午後，坐在台中老家的沙發上，等著外公開車載舅舅從醫院的日間病房回來。看見他們到家後，我會興奮地跑到門口，因為舅舅在日間病房總是會帶一些美勞作品回來給我。有一次他在那裡做了果凍蠟燭，玻璃瓶裡面裝著半透明的水藍軟蠟，軟蠟中央包覆著幾朵小花。在陽光底下看進那個玻璃瓶時，可以看見花瓣的紋路像血管一樣延伸。

那時候我家人都叫那裡「日間」。小時候，我不清楚那是什麼樣的地方，只覺得日間病房的「日間」二字，連結到舅舅每次帶回來的勞作，讓我認為那大概是一個溫暖、舒適的地方。

我不記得舅舅是什麼時候開始不去日間病房的。我只記得，在媽媽再婚、我和她一起搬到桃園後，舅舅開始抽菸了。

在幼稚園之前，我是家人帶大的，對我來說世界就是由舅舅、阿姨、外公、外婆和媽媽構成的。但上了小學之後，越來越多人開始演示給我看，什麼叫作「正常的人」——正常的人說話不口吃、走路時不會佝僂、不需要每天吃藥、不會四十多歲了還沒有工作、情緒起伏極端……我開始意識到，舅舅好像不是那些「正常的人」。

有一次，舅舅聽說我上美勞課要用到彩色筆，所以買了一盒三十六色的彩色筆給我，在盒內簽上「阿咕咕」，然後小心翼翼地幫我把它抱上車，讓我帶回桃園用。

之後上美勞課拿出來時，隔壁的同學羨慕地湊過來看，看到簽字之後咯咯咯地笑了出來，大聲問：「阿咕咕是誰啊？」我當時大可以直接告訴他：「是我舅舅。」反正每個人都有舅舅。但當腦海中浮現出舅舅的樣貌時，我感到一陣沒來由的羞愧——所以我把盒子蓋起來，回答：「干你屁事啊。」

那時我只隱約覺得舅舅不是普通人，我很難向別人描述他。我第一次意識到舅舅身上的症狀是一種病，是我看見舅舅發作的時候。

我看著他躺在家中的走廊上尖叫，大家圍在他身邊想把他拉起來，外公眼眶泛紅地對他說：「你不要這樣。」但舅舅還是繼續抽搐哭泣。我就這樣站在旁邊看，不知道要怎麼辦。大概是在那時候，我終於意識到精神疾病不是日間病房，不是舅舅笑著帶回來的勞作、那些閃閃發光的玻璃瓶，是他大聲尖叫的那些「我好痛苦，不要逼我」、是呆滯的眼神、吃了藥之後緩慢的步伐、佝僂地在走廊上行走的身影。他們說這是思覺失調症，舅舅自己會說這是精神分裂。

後來舅舅被送進了精神療養院。

第一次去看他，外公帶著我和媽媽穿過深不見底的走廊——我想它並不是真的深不見底，甚至可能非常短，只是它在我的記憶中就是那樣。純白、漫長、令人窒息的走廊，穿過很多道門之後，舅舅被關押在盡頭。

見到舅舅的時候，一切並沒有太多不同。他慢吞吞地走過來，問我最近過得好不好，然後我們一起在大廳打牌。我忘記當時我們聊了些什麼，只記得那天也是一個出太陽的午後。之後我很想回想起來那天我們到底說了什麼、舅舅當時臉上是什麼表情，但我卻只記得當天下午的那道光，還有臨走前，舅舅用顫抖的手從錢包裡拿出我幼稚園拍的大頭照，帶著一絲得意的神情告訴媽媽，他在病房裡會把這張照片拿出來炫耀，告訴其他病友他有個可愛的小姪女，他們都很羨慕他。媽媽聽完笑了起來。

回程的路上，我坐在後座，聽著媽媽哭著對外公說，那不是人住的地方。他們告訴她，舅舅常常會和其他病友起爭執，所以會被關進「禁閉室」。

「裡面什麼都沒有，只有一個便盆。他吃飯也在那邊，上廁所也在那邊。只有一個便盆，其他什麼都沒有……」媽媽重複道：「那根本不是人住的地方……」

外公握著方向盤，一言不發。

不久後舅舅被診斷出肺腺癌末期，等他終於能夠離開療養院，卻是要到安寧病房的時候。

舅舅在一兩年內便去世了。媽媽直到現在還是偶爾會提起那間療養院。她深信舅舅的肺腺癌和療養院有關。「那裡環境太差了，」她說。

我對此不置可否，卻也知道舅舅在那裡過得非常痛苦。

事實上，就算不在那裡，舅舅大概還是承受著超乎我們想像的痛苦。

舅舅去世之後那段時間，我們一邊找遺照，一邊整理他的遺物，在他抽屜裡找到一些未寄出的信、大學時期的照片、雙節棍，幾包香菸、《沉默的艦隊》全套漫畫，還有愛因斯坦吐舌頭的海報。他的黑猩猩娃娃孤零零地坐在榻榻米房間的床上。那個房間很小，但起碼像個人努力活著的地方。那是他悉心營造出來的生活空間。

整理他的遺物時我沒有太多感受，許多年後，我偶然找到小時候他送給我的集郵簿時，才想起他那個早已不在的房間，還有他在精神病院的那些午後。我徹徹底底意識到，在發病後，他作為一個人的尊嚴是如何被縮小再縮小、被封膜，最後捨棄掉。

我的舅舅，那個教我集郵、寫字，看著我長大的重要他人，在那些下午，被關在禁閉室裡。那個房間什麼都沒有，只有角落有個便盆，還有三餐會被送進來。

而禁閉室以外的地方，對舅舅來說或許更加充滿惡意——畢竟舅舅不是因為禁閉室才發病的。

我看過舅舅的一本日記。他們原本要把那本日記丟進垃圾車，媽媽偷偷將它留了下來。她不准我看，但我還是趁著她不在家的時候看了。那是舅舅高中時的日記，裡面一開始記錄著他每天的日常，看什麼電影、跟誰吵架、暗戀哪個女生，到了日記中段，舅舅的字跡開始變得凌亂、留下很多負面的字句，直到最後幾頁，舅舅已經無法再寫完整的字句，只剩下幾個潦草的字體，寫著「好痛苦」、「我好想死」，紙面被原子筆狠狠劃破，像是他在質問日記：「為什麼我會變這樣？」但日記沒有回答，直到過了幾十年，我看著這本日記，也無法替舅舅找到答案。

後來我看過很多人們覺得「怪怪的人」，那些在新聞上被取綽號的人、在街上失控被錄影上傳的人、隨機殺人後兩眼放空看著鏡頭的人……我無法單純跟著嘲笑他們、厭惡他們，因為我總忍不住去想，他們是不是也曾經問過自己「我為什麼會變這樣」，卻得不到回答？有人愛他們嗎？那些愛著他們的人現在在想些什麼？

因為我知道，看見愛的人的那副模樣，心臟是被灼傷一般的疼痛。有些人能同理，任何人都可以對一個陌生人同情、同理——但是親眼看見自己深愛的人精神疾病發作、躺在地上哭泣、尖叫著「我好痛苦」的樣子，還有吃藥後呆滯地看著半空的模樣……那終究是不一樣的。

你看過他笑著牽你的手的樣子，小時候他在雜貨店把口袋裡的零錢都掏出來為你買玩具——看著一個你愛的人在你面前破碎的模樣，那早已超越同情和同理兩個詞所能包容的疼痛。你看著他，感覺某部分的自己也跟著一起破碎了。

有些人很幸運，終其一生不必感受這種破碎，但我感受過，我知道那些「怪怪的人」和那些愛他的人，是怎麼看著滿地的碎片，一次又一次想把他們拼回原來的樣子，又在歷經無數次失敗後再重新來過。

很多年後的下午，我們全家坐在客廳聊起我剛出生時的事情。阿姨和媽媽笑著說我剛回家的時候，她和舅舅還會為了誰先抱我吵架。一直沉默的外公突然開口，對我說：「妳剛出生的時候，我每天下午都會開車載全家去月子中心看妳，但妳阿咕嫌不夠，所以早上他會先自己騎車去一次，就這樣站在窗外看妳。每天這樣自己騎去，下午再跟我去一次，就這樣整整一個月。」

我看著電視發呆，不知道要說什麼。這是我第一次知道這件事情。

外公看我沒反應，又再說了一次：「一個月喔。」

我笑著說：「我有聽到啦。」卻突然有些哽咽。

等大家回房間後，我想起舅舅很多年前從日間病房帶回來的果凍蠟燭還放在櫃子裡。我打開櫥櫃，小心翼翼拿出玻璃瓶，瓶身上用麥克筆寫著「給文郁」。我將玻璃瓶舉到陽光下，想像小時候那樣看著日光穿透花瓣，卻在瓶底看見了舅舅的姓名貼，上面寫著「宋明禮」。

我又想起了那些我坐在客廳晃著雙腿，等著舅舅從日間病房帶禮物回來給我的那些午後。

世界的裂縫

那時候是二月多，學測剛結束不久，我和同學忐忑不安地等著成績公布。為了暫時轉移注意力，我和十幾個同學相約到台南玩三天兩夜散散心。其中一天，我們去了台江內海，坐在小船上，順著河道穿過紅樹林。那天下午，清冷的陽光照在台江內海浮動的水面上，再從船上遮陽棚的側邊射進來，劃過我們的瞳孔。

導遊戴著擴音器對我們介紹岸邊的植物，同時拎起橘黃色的水桶，告訴大家今天運氣很好，我們有抓到河豚。她抓起河豚，環顧了一陣，接著指著我說，妹妹妳來，來拿著河豚給大家看。我在朋友的訕笑聲中走過去，從她手中接過河豚。那隻河豚黏膩的身體貼在我手上，一鼓一鼓地孱弱呼吸。

導遊對大家說，可以來妹妹手上戳戳看這隻河豚。

「牠生氣的時候會鼓起來，非常可愛。」

於是我的朋友們和帶著小孩的家長圍在我身邊，伸出手指戳牠，而河豚也的確氣噗噗的脹了起來。

「真的鼓起來了。」一個五、六歲左右的小男孩在他父親懷中咯咯咯地笑著說道。

「借我拿拿看。」他爸爸對我說道，於是我愣愣地將河豚柔軟的身體放入他手中，他摸了一陣子之後給他兒子，接著河豚再傳到下一個人手裡。

河豚被揉捏一陣子之後再度被放回我手裡，大家逕自開始用礦泉水洗手。

「妹妹謝謝，可以把牠放回水裡了！」導遊笑著對我說道。

我低下頭看著手中的河豚，發現牠也正在看著我。

牠的一隻眼睛破掉了，原本晶亮的眼睛裡面滲出紅色的血和半透明的液體。

我看著手中的河豚，感到一陣暈眩。

我伸出手輕戳牠的肚皮，但是牠沒有再像之前那樣脹起來，只是用牠破掉的眼睛直勾勾地盯著我，像是在問「為什麼」。

今天原本可能對牠來說沒什麼不同。牠像平常一樣游在平靜的台江內海，突然，一輛小船劃過河面，牠被魚網纏住，拉上岸丟進塑膠桶，然後放到一個人類手中。就在這個平靜的午後，牠的眼睛被戳破，從此失去了牠的右眼——因為大家覺得河豚生氣的時候脹起來很可愛。

我不敢再看牠的眼睛，於是站到船邊，將河豚拋回河裡，心想有其他人會記得二〇二〇年二月五日，有一隻河豚失去了牠的右眼嗎？

大概不會吧。每天都有更多人在失去更多東西，但是我們不敢、也不願直視，以免他人的悲慟打斷我們風平浪靜的人生。

那時的疫情還沒有現在嚴重，大家還以為再等一陣子，一切就會恢復原狀。

但是現在回想起來，對我來說，一切厄運似乎都是從那時開始的。

那隻河豚眼睛的裂縫。

我們總是以為死亡與不幸離我們很遠。新聞每天報導死亡車禍和各式悲劇，我們近乎麻痺，吃飯的時候看著，說些無關緊要的話，心想那反正是隔著螢幕的事情。

我的國中同學在今年暑假去世了。她和我一樣都是十八歲。

我看過那則車禍新聞，標題和我看過的其他新聞一樣聳動，事故的影片被一次又一次轉發、重播。我看著影片下的留言，想起去靈堂上香時，她母親緊緊抱住我的溫度，心想這些留言的人感受過這種溫度嗎？

我每天都會看到無數則這樣的新聞，如果去世的是其他人，我也不會記得。但是這是我同學，我認識她，她是個很美、很單純開朗的女生。她國中的時候曾經笑著跟我說我長得有點像奧黛麗·赫本。

但這一切對他人來說似乎只是數字和一串字碼，十八歲、車禍，一則聳動的新聞。

那天從她靈堂上香完回到家，我看到客廳的電視播著新聞，新聞上是一則民宅火災的報導。男子知道自己妻子和小孩在火場中喪生之後蹲在一旁吐了出來，而記者的攝影鏡頭緊緊跟著，沒有移開。

我看著男子蜷縮在角落嘔吐的新聞畫面，忽然止不住地在電視前大哭起來。

這一切都太殘忍了。

我們總以為不幸離自己很遠。有時我們出門，以為今天又會是一如往常的，平靜的一天，白天出門上課工作，晚上回到家跟愛的人一起吃晚餐。但我們曾經珍視的一切，都可能在一瞬間被奪走。

小學的自然老師說，人類是萬物之靈，我當時也相信了這樣的說法。人類是萬物之靈，我們創造、我們發現，我們蓋起高樓，我們除了繁衍之外，有更高貴的存在理由——我們戰勝一切。

長大了以後，我才發現人類或許跟那隻台江內海的河豚沒什麼不同。我們像平常一樣游著游著，被魚網困住，被人生蹂躪一番之後丟回河裡，殘破的繼續生活。直到那時，我們才會意識到，我們和我們所珍視的一切，其實都無比脆弱。

「人類正在同新冠肺炎疫情進行鬥爭。各國人民守望相助，展現出人類在重大災難面前的勇氣、決心、關愛，照亮了至暗時刻。疫情終將被人類戰勝，勝利必將屬於世界人民！」——二〇二〇年九月二十二日，習近平在第七十五屆聯合國大會上說道。

那天，全球突破三千萬人確診，死亡數突破九十四萬。

十二月，我和男朋友到新北耶誕城。周遭人來人往，我們站在燈海中看著聖誕樹發呆。放眼望去，人們像被包在夢幻的粉色泡泡中，暫時忘記薄膜外的疼痛。

「這一年終於快過去了。」他說，悶悶的聲音隔著口罩傳出來。

我點點頭。

終於要過去了。災難性的一年。

我突然想起那隻台江內海的河豚，和牠眼中的裂縫。

在那一刻牠看見了什麼？牠知道自己為什麼會受傷嗎？

牠現在仍然在台江內海平靜的水面下游著嗎？

我們呢？之後的我們會好起來嗎。

香港殞落、泰國示威、貝魯特爆炸、澳洲野火、新冠肺炎……無數的死亡與疼痛襲來，我們被世界震耳欲聾的聲響震醒。

二〇二〇年，世界彷彿裂了一個縫。我們被迫直視深淵，凝視自己的脆弱，在心底乞求觀世音、耶穌、阿拉或光明會，讓我們安然度過下一個明天。

「到了明年，一切都會更好的。」我看著聖誕樹上反覆閃爍的燈光，對他，也對自己說道。

（刊於《鹽分地帶》二〇二一年三月號〔第九十一期〕）

2022.10.04 2:24

那些夜晚，我蹲在公園的角落裡埋葬那些死去的魚。我從來沒將這些場景和我親人的去世聯想在一起，畢竟，這怎麼會一樣呢？但其實我又怎麼能輕易決定？如果真的有神，我經歷過的這些死亡與悲痛在祂們（祂）或許也無足輕重。我想起我跪在地上看著土坑裡的魚，或許一切都和那一刻一樣，只是一場神明的遊戲。

青煙之中

我從很小的時候就開始想像我死掉的那天會是什麼樣的日子。

媽媽說我在星期四的傍晚出生。或許也因為這樣，我其實特別喜歡午後的陽光——我死的那天會是好天氣嗎？會是某個星期三下午嗎？

我會過早開始想像自己的死亡，可能是因為在我目前為止二十年的短暫人生中，我已經見證過不少死亡的形式。

有些死亡是極其緩慢的——例如夜晚的安寧病房，舅舅逐漸平緩的呼吸；有些死亡是不在場，像是那天早晨起床，接到媽媽的電話，說昏迷一年的阿嬤昨天夜裡去世了；有些死亡是後設的，像是升上國中那年，我聽說童年的朋友去世了，我站在葬禮的人群中看著她的照片，才慢慢想起她是如何活著……有些死亡則突如其來，帶走了一切關於未來的想像。

每一種死亡都讓我害怕。不只害怕我自己的，更讓我恐懼的是作為生者，在接下來的每一天要如何活著。

除了死亡，我也經歷過其他形式的離別。但我想死亡作為一種離別，和其他種離別的形式最不同的是，面對死亡，你沒有辦法透過練習來消解這種疼痛……你不知道它什麼時候會到來。每一次疼痛都獨一無二。

在阿嬤和舅舅去世後，媽媽轉換了許多宗教信仰來應對這種疼痛。其中她信仰最長時間的應該是藏傳佛教。有段時間，她會開車帶我到台北的道場。我坐在木質地板的角落，聞著酥油燈的味道看書、寫作業，有時忍不住伸手偷摸閃耀著絲緞光芒的哈達，或是鑽到道場的角落看那些鐵灰色的法器。

道場裡的人都對我非常好，身上彷彿散發出平靜祥和的光，但如今我對他們的記憶早已在一片聖光中模糊。

我只記得媽媽聽喇嘛布道的時候，眼神總是十分專注，好像急欲在那些話語裡找到某些解答。她焦急地穿梭在不同的道場之中，一段時間就換一個，佛教、道教、藏傳佛教……我不知道她找到她的答案沒有？她開始會對我說一些似乎是她從中領悟的話語，例如某天夜裡，她在我無病呻吟的社群貼文下留言：「這一切都是一場夢，但你是我此生最美麗的夢境。」我尷尬極了，擔心會被同學看見，便趕緊將貼文典藏。

兩、三年後，她慢慢脫離這些信仰，我以為她終於找到自己的答案了。

直到某天睡前，我聽見媽媽房間傳來哭泣聲。我穿越昏暗的飯廳來到她房間，慢慢推開門，看見媽媽躺在床上，在黑暗的房間裡哭泣。

我雖然心裡隱約知道，還是問她妳怎麼了？

媽媽對我說：「我沒有媽媽了。」

那天是母親節。

我不知道要說什麼，坐在一旁安慰了她一陣子，然後關上門回到自己房間。

我躺在床上，看著天花板，反覆回想媽媽說的那句「我沒有媽媽了」。

媽媽聽了這麼多道理，看似有了一些體悟，最後脫口而出的卻是這句話。

在她篤信藏傳佛教的那段時間，我在心裡暗暗對她的迷信感到不耐，但其實她只是很想找到一個解答，回答她，媽媽去了哪裡？之後的日子她要如何面對？

我想像未來某天，在媽媽去世後，我也會這樣對我的女兒說：「我

純粹的哀慟。

或許屆時我也會和媽媽一樣，開始四處尋找答案……為了寄託如此

沒有媽媽了。」

關於死亡，我有時會想起藤本樹的漫畫《炎拳》裡一再出現的台詞：「活下去」。每次男主角身邊重要的愛人在死亡之前，都會要他繼續活下去。但他明明活得這麼痛苦——他活著的每一刻都是疼痛，每次當他好不容易找到活下去的意義，卻又再一次被奪走。藤本樹應該是最惡劣的神了。

我不知道這是不是藤本樹的本意，但當我看著苟延殘喘的男主角選擇繼續活著，就想起那些一樣承受著劇烈疼痛卻仍然繼續生活的人。每個人活下去都有自己的理由，但有時我也忍不住想，或許對一再遭到剝奪的人來說，最仁慈的作法便是在他們再一次看著所愛之人離開之前，先帶走他們了。

有一度我不太理解，如果活著就是無盡的承受這些疼痛——閉上眼睛想起那些已經不在的；睜開眼睛，看見眼前所擁有的，又恐懼這一切將再次被奪走……如果這就是活著，為什麼我們總想要活下去？

我想起我參加國中同學告別式那天，她媽媽將我緊緊抱在懷裡，說謝謝我來看她。然後她紅著眼眶，說以後他們會好好生活。

我也想起有天晚上我以為外公睡著了，推開門走進他房間，才發現他在黑暗中睜大雙眼，悄悄掉著眼淚。我說「阿公晚安」，慢慢退出房間，不敢想像這樣的夜晚已經持續了多久，往後又還會繼續多久。

在那些時刻，我會突然感到惶恐，好像施加在我身上的麻醉猛然消退一般。我被迫清醒，直視他人與自己身上那些好難癒合的創口。

這些疼痛會有盡頭嗎？還是我們只能在接下來的餘生中等待它再一次來到？

在命運巨輪前，我們似乎手無寸鐵。畢竟，人要怎麼抵抗死亡？

但是有次，我的婆婆——我媽媽的乾媽——對我說的話，讓我開始思考，或許人真的能為自己找到抵抗死亡的方法。

婆婆家裡養了一隻很美的老橘貓，名字叫作喵吉拉。每次我和媽媽到台中拜訪她，我都暗暗期待能看到喵吉拉。喵吉拉有時在衣櫃裡睡覺，有時會優雅地在我們周遭漫步，靈動的尾巴輕撫過我們腿邊。更多時候，牠會跳上沙發，窩在婆婆和爺爺懷裡睡覺。

喵吉拉在幾年前去世了。那天下午，婆婆帶著我去附近的公園。她指著中間的一棵小樹說，她把喵吉拉葬在這裡，然後種上一棵小樹。但之前颱風來，小樹倒掉了。於是他們在風雨中又把小樹種回去，後來小樹真的也活了過來——「生生不息。」她笑著說，然後牽著我慢慢離開公園。

她說，這讓她覺得死亡也就是這樣，葬在土裡，長出新的生命。

婆婆約莫在一年前去世了。因為疫情，我沒有去她的告別式。但有時我還是會想起她在公園對我說的話。我想像她在暴雨中將倒下的小樹種回原處的模樣，不禁覺得她並不只是在緬懷她的貓，而是用自己的方式在奮力抵抗死亡。

我的外婆，儘管不曾在雨中種過樹，但她也留給我一些關於死亡的……或許說啟示吧。

小時候一次過年，外公帶著我們全家去點光明燈。和外婆站在一起手拿線香拜拜時，她突然對我說，從線香裡飄出來的煙都是死人的靈魂。那時初春的風迎面吹來，煙直往我們的臉上撲，在空氣中飄動的姿態乍看也的確像有生命的樣子，我嚇壞了，全程都盡量屏住呼吸。

長大之後回想，阿嬤這麼愛開玩笑的人，那大概只是她的其中一種惡趣味而已。但這個玩笑也就這麼在我的記憶中留存了下來。

在她去世後，每年清明祭拜她和舅舅時，我看著冉冉上升的青煙，就會想起阿嬤曾經說過的話。我想像從我手中線香飄出的青煙是他們的靈魂，在有限的時間裡飄散在空氣中，輕輕撫過我們的臉。我想像外公站在寫著外婆、舅舅姓名的牌位前，虔誠地拿著線香小聲對他們說話時，他們真的都聽見了。

這樣的想法是外婆那天隨口一句話留下來的，像是在我腦裡種下一顆小小的種子，在她死後才終於發芽。

大家總是討論生者的信仰——因為某種程度上，信仰是屬於生者的。

但想起那天外婆對我說的話，我突然覺得，或許死者也有信仰。當時外婆大概也不知道她何時會離開。其實她去世是很多年以後的事了。

但死者的信仰或許是這樣的——在自己死去之前，明白所愛之人都還活著，想像在自己看不見的未來，他們擁有漫長的、美好的人生，然後盡可能留下一些小小的暗號，那些他們自己也不知道是真是假的傳說，讓所愛之人在痛苦的當下能夠有所寄託。

這是我們對於死亡、對於即將一次次施加於所愛之人身上無法消解的痛苦，最後的反抗。

或許十分微小……但這些信仰的種子就像暴風雨中重新挺立的樹一樣。我們不知道死者留給我們的到底是什麼，卻知道自己看見它們了。

我想像文字是能夠留存得比生命還久的。所以如果——希望是很久很久以後——真的有人看見這些文字，而那時我已經不在了，希望你能告訴我，我是不是在一個星期三下午離開的？那時天氣好嗎？

如果我的死亡並不圓滿，希望你也不要太難過，我很高興能在這裡與你相遇。我的外婆曾經告訴過我，人死去之後的靈魂會化為線香裡的青煙。當你想念我的時候，或許可以去那裡找我。

輯二

留下什麼，我們就變成什麼樣的大人

賽鴿與飛鳥

對二〇〇〇年之後出生的我們來說，二〇一〇似乎是我們逐漸開始探索、確信，並且對世界產生感知的年代。

朋友告訴我，她看了電影《二〇一二》之後，對馬雅人的末日預言深信不疑，在二〇一二年的最後一個晚上夜不成眠。那天早上，她起床來到樓下，她的家人正在吃早餐。世界沒有毀滅。除了她的黑眼圈，什麼都沒改變。不知道為什麼，世界沒有毀滅，她甚至覺得有些落寞。

我聽她轉述完之後笑了起來，卻也忍不住想起自己小時候其實經歷過一模一樣的事情。

事到如今，嘲笑過去的自己好像十分容易。畢竟當年十歲不到的我們相信一切我們認知中的真理，例如末日預言，例如成功的夢想是總統、導演、太空人、醫生或律師，例如升學主義。

對我來說，二〇一〇年代或許是個分界點。這個年代明確的把我的人生與充斥著水晶寶寶、郵購吊飾、抽屜裡的小紙條和書桌底下的金庸小說的童年切割開來了。

二〇一〇，是我從飛鳥變成賽鴿的年代。

國三那年，我和全台灣二十四萬名考生一起參加了國中教育會考。

我記得會考幾十天前，我到圖書館借了《鬥陣俱樂部》的小說，在補習班的下課時間拿出來看。老師看到之後問我：「在看小說啊？」

我抬起頭說對。正想跟老師分享《鬥陣俱樂部》的內容，老師便把我叫起來，在教室中央大罵一頓。他告訴我會考剩下五十幾天，除了我之外，大家都在努力，家人每週把我送來補習班，他也很努力在教我，為什麼我自己在看小說呢？

於是那天回家，我直接把那本《鬥陣俱樂部》拿去圖書館還了。

後來我如願考上第一志願的語資班。放榜那天，所有人都稱讚我努力、聰明，我沉浸在這些稱讚中，於是沒有再想起那本被我遺忘在圖書館的書。

也或許是因為，升上高中之後，我身邊幾乎所有人都在複述補習班老師當時對我大吼的那些話：除了妳之外，大家都在努力。

每天我走著同樣的軌跡上學，再搭校車從同樣的路徑回家。有一天傍晚，我抬頭看著天空，突然發現我像極了從鐵皮屋中傾巢飛出，每天繞著同樣軌跡盤旋的賽鴿。

校排、班排、縣市排名、模擬考、PR值、學測、指考、個人申請、繁星、海外大學，一類、二類、三類，文組理組，普通班語資班數資班醫科班科學班音樂班，我們年復一年日復一日的照著這樣的軌跡飛行，總有一天再生下小賽鴿，告訴他們飛得快一點、再快一點，才不會掉下去。

或許我們其中有些人也不知道自己為什麼飛，只因為身旁的人們正奮力拍著翅膀。

學測面試放榜的那個傍晚，我走著同樣的路徑回到家，坐在沙發上發呆，已經沒有會考放榜考上第一志願時的雀躍。因為我意識到，我的人生是這樣日復一日，像賽鴿一般過來的。我好不容易考上台大了，但是從今以後我就自由了嗎？我會像飛鳥一樣知道自己為何振翅飛翔，還是繼續像賽鴿一樣，蒙著頭，拍動翅膀，直到羽毛掉落、鮮血直流，只為了在被他人定義為「成功」的道路上不被擠下？

直到現在，我還是不知道答案。

高中時期我特別喜歡老王樂隊，或許是因為那陣子我的生活就像〈補習班的門口高掛我的黑白照片〉的歌詞一樣：

補習班的門口掛著我的黑白照片

黑色白色的海報上寫著我的名字
若干年後回到了這個地方
雙手合十祭奠自己青春的夢想
這世界上還有多少人還清醒著
千篇一律的步伐邁向同樣的地方
一模一樣的穿著埋沒在人群中
忘記自己最初的模樣

高中二年級的畢業旅行，語資班的行程是到日本進行國際交流。我和同學在其中一天的晚上一起去了鴨川。我們搭上電車，興奮地跟著Google Maps 走了很久，終於走到地圖上的目的地，才發現眼前的鴨川根本就是一條陰暗的小水溝。我們在地圖上只打了「鴨川」兩個字，所以它帶我們走到了鴨川的支流。

我們這才意識到，我們一直以鴨川為目標，想像著抵達鴨川時將會看到日劇和動畫中的景色——因為好像所有人都在告訴我們「這就是鴨川」，卻忘了鴨川其實不是一個凝滯的景象，而是一條很長的河流。在這條河上，我們走到的每個地方都是鴨川。

那一瞬間我好像領悟了什麼，又難以明說，就這樣和朋友們靜靜的看了眼前的鴨川許久，才搭著夜間電車回到飯店。

畢業之後，我看見有記者報導了我們學校的放榜新聞。上面寫著我們學校的名字，然後詳細統計著台大清大交大政大還有醫學系的人數。

那一刻，不知為何，我又想起了那天晚上，我和朋友們並肩看著那條鴨川的支流，悲傷又懵懂地意識到了什麼。

從小到大，我們已經被太多人告知鴨川是什麼了。

不知是幸還是不幸，生在資訊爆炸的年代，大概從我國中開始，

每天睜開眼睛，大量的聲光就爆裂似的進入我們的視線。Facebook、Twitter、Instagram，我們這些賽鴿的競技不再止於考場，而是 Facebook 底下的學校科系，Instagram 標記的朋友、粉絲人數、限時動態裡面的餐廳跟咖啡廳，誰被誰設成摯友，還有自我介紹上代表你去了幾個國家的國旗 icon。

似乎連一切人生的日常也陷入無止境的攀比中。

我對這一切感到疲乏與無力，卻也深陷其中。

於此同時，台灣也吹起了一股文青漩渦。我認識的大部分文青喜歡看村上春樹的小說和老電影（例如：《牯嶺街少年殺人事件》、《猜火車》、《黑色追緝令》、《霸王別姬》、王家衛的所有電影），聽獨立音樂、去音樂祭，有時候也拿著底片相機穿梭在城市裡，在ＩＧ的貼文文末標記：＃攝影＃写真＃夏 #leica #cannon＃底片 #photography＃人像攝影＃台北 #taipei。

許多人會嘲笑文青，說文青總是不知所云、無病呻吟。但我覺得那更像是文青們讓自己脫離軌道、喘口氣的方式。我們坐在電腦前，看著不屬於自己年代的老電影，幻想著自己是《阿飛正傳》中那隻無處落腳的無腳鳥，唯有這樣，我們才能暫時忘記無論在現實中或是Instagram那些美滿的假象中，自己其實都是一隻失格的賽鴿，日復一日繞著那安穩卻絕望的軌道飛行著。

也託這股漩渦的福，我在升大學前的暑假看了十幾部電影，其中一部就是《鬥陣俱樂部》。

直到看完電影，我才赫然想起，在許多年前，補習班下課之後，我把這部電影的原作拿去圖書館還了，到現在還沒看完。

後來我和朋友去逛二手書店的時候，偶然看到架上擺著《鬥陣俱樂部》。

當我伸手翻開它的時候，那一頁寫著：

「我們是歷史的第二胎，讓電視養大，相信我們有一天會是百萬富翁電影明星和搖滾巨星，可是我們不是。我們剛剛才知道這個事實，」泰勒說：「所以別來他媽的煩我們。」

那一刻，我突然覺得自己某個遺失已久的部分被找回來了。

二〇〇〇年後出生的我們，或許可以勉為其難的說是經歷了兩次末日的世代。第一次是二〇一二的那天晚上，我們發現世界並沒有像馬雅人所預言的一般崩塌、毀滅。第二次是在二〇一九年爆發的新冠肺炎。世界停滯如死水，夾娃娃機店開始侵入城市的血管、流進心臟，一點一點的取代我們熟悉的街景；戴著口罩上街成為我們的日常，電影院沒有新的電影可以放，開始重映二、三十年前的電影。

去年暑假的一個下午，我在門口穿上外套，轉頭跟我媽說我要出門看電影。

看什麼電影？她抬頭問。

王家衛的《東邪西毒》。

她笑了起來，笑的樣子有些困惑。

那是我跟妳一樣年紀的時候看的電影。

我不知道要說什麼，點點頭就出門了。但是不知為何，母親當時所說的話和她的神情，至今仍深刻的停留在我的腦海中。

追憶似水年華，我們這些二〇一〇年代的賽鴿，也在一圈又一圈的競技中，偶爾低迴地看著日益晦暗的水，試圖從固濁的倒影中，找尋自己的樣貌。

（刊於二〇二一年四月十一日《聯合報》追憶似水年華二〇一〇年代系列）

薛西弗斯與她的博美

高中上學路上的天橋，有個年約六十的阿姨總是帶著她的七隻博美去散步。

大概是學測前半年，我上學開始常常遲到。我原本就不是個準時的人，但從那時開始，好像身上某個發條鬆掉似的，每天即使鬧鐘響了、睜開眼睛，也找不到起床的理由。我想到早晨的教室、早自習一到學校，還沒坐好就開始發下來的考卷；被課本、學測衝刺講義跟考卷塞滿，來不及整理，亂成一團的抽屜；還有交換改完分數後，不及格的考卷從遠處座位傳到我面前時簡直糟糕透頂的心情……想到這些事情，我就像被巨大的岩石壓在床上一樣，窒息似的動彈不得，沒有動力掙扎，也沒有辦法起床。

所以我會在床上躺到不得不起來後（通常是八點），才慢慢拖著身體坐起來，慢吞吞刷牙洗臉後背起書包出門。躺到自己想起床的時間再起床上課，這讓我有種錯覺，好像自己真的反抗了一些東西。

上學的路上，通常我會從內壢火車站搭一路公車到學校。從我家走到內壢火車站有前站和後站兩條路，我大都走到後站，再過天橋到前站去搭車。主因是我家到後站比較近，另一個原因是，早上走天橋上去的話，會看到一個阿姨帶七隻博美在散步。

根據我對自己的觀察，遲到到一個程度的人，反而不會像只有遲到一點的人那樣趕路。或許是因為已經沒有能夠規範我的限度了，用林強的話來說，大概是自我毀滅。所以我遲到得很嚴重的時候，反而會停下來跟博美阿姨聊天，或是蹲下來和她的博美玩——這樣看來，我真是一個差勁透頂的學生。

她的博美像是七顆圓滾滾的白色毛球在陽光下奔跑，其中一隻看見我之後會率先左搖右晃地朝我跑來，其他隻也會跟著朝我擁過來，好奇地踏上我的膝蓋、用濕漉漉的鼻子聞遍我的制服、手指和書包。

和博美阿姨跟她的狗在天橋上聊天，是我一天當中少數覺得自在的時刻。因為博美阿姨明明看見我的制服了，卻沒問我：「念什麼學校」、「想考什麼大學」、「想念什麼科系」、「怎麼現在還沒去上課」。

她只是笑吟吟地看著我蹲下身和她的博美玩，然後一一介紹牠們的名字，好像那是世界上最令她感到驕傲的東西——七個圓滾滾的白色毛球。

我不知道那些博美是不是真的喜歡我，但牠們看著我的眼睛像是真的在笑。

跟博美阿姨和她的狗相處的時刻居然讓我有種想哭的衝動。

在這座天橋上，陽光暖暖地灑在我們身上，這些小狗讓我撫摸牠們白色的蓬鬆軟毛，然後純粹感到快樂。在那樣的時刻，我不被評價，也不必解釋自己從哪裡來，之後又要去哪裡。現在仔細回想，像是魔法似的，和一群軟綿綿又白蓬蓬的小狗坐在一起，居然是我真正能感受自己活在當下的時刻。

但是這樣的魔法總是隨著迎面而來的現實跟義務戛然而止。注意到時間後，我起身跟博美阿姨道別，而她則繼續帶著博美們走下階梯，自己坐在天橋下的平台看著牠們互相追逐。

等我走下天橋到了公車站後，一切日常似乎又回歸到黯然了無生機的樣貌。

有個和我同校的高三男生總會在等公車的時候站在公布欄後面抽菸。周遭的人都站得離他很遠，低著頭滑手機假裝沒看到他，但其實每個人都看到了。他穿著制服外套，戴著一副霧霧的眼鏡，我總是看不清楚他的眼睛。每次遇見他，我都覺得討厭極了，卻說不出討厭他的原因。是他霧霧的眼鏡嗎？身上那件和我一樣的制服外套？還是他自以為成熟地挾著菸、卻一臉稚氣未脫的樣子？

我當時沒有定論，就這樣和所有人一樣站得遠遠的，等到一路公車到了之後，再搖搖晃晃地拿出學測英文單字本背。

之後的一整天，就和其他人曾經經歷過的一樣。

上學之前的那段路，那就是我當時全部的風景。

畢業後過了大概一年，高中辦校慶，我和同學一起回到學校。我們回到之前的班級看學弟妹，我買了星巴克的可麗露給我的直屬學妹，告訴她指考加油。學妹哭喪著臉說她好想要有大學喔，我說會有的，再撐一下就過去了，語畢卻感到有點窒息。到底要撐到什麼時候呢？這些學弟妹和過去的我們一樣，可能幼稚園被送到雙語學校，國小開始補習，國中念私校，考上第一志願高中，現在要考大學，被分成普通班、醫科班、科學班、數資班、語資班，每次段考、模擬考在班上再被分成第一名、第二名到第四十名；考完試被分成學測生跟指考生，或許好不容易考上台大，有人告訴你台大在百大的排名很後面，想出人頭地要再努力一點才行，最後他們問你什麼科系，回答之後，他們問你那是第幾志願？

再撐一下就過去了？到底要撐到什麼時候呢？

離開舊教室前，我同學說好懷念喔，我說對啊，但其實我不敢多看那間教室，還有我以前的座位。明明是校慶，他們好多人都還在低著頭寫指考參考書。什麼都沒變。

我想起上次回高中拿回櫃子裡的書，遇到國中老師，他來參加他兒子的班親會。他摟著兒子對我笑說，剛剛他兒子的老師說，我們這屆語資班有二十二個人上台大，我說對啊。

「哇，你們真強。好羨慕。」

我露出得體的笑容，對他說謝謝，心裡卻隱隱對我們的對話感到反感與困惑。

國中老師跟學生有這麼多話能說，為何最後說出口的是班上有幾個人上台大？

羨慕，誰在羨慕，他嗎？羨慕什麼？上台大的人嗎？

剩下的八個人是一個不值得被提及的數字嗎？

對我來說，他們每一個都是我的同學，我認識他們，每一個都是有血有肉的人，但在他人口中，包括我在內，我們卻被化成無機質的數字，方便傳誦。

假設其中有一個自殺死了，他們會在意嗎？還是就改成有二十一個人上台大？

他們好像忘了，當人被化成數字之後，勢必有一群會被遺忘。

我想起《小王子》裡面數著星星的商人。他看著他們，不知道這和自己的人生有何關聯，但他計算一切他看見的東西，卻不感受他們。

在往後的人生裡，我還遇過非常多次這種人。

每一次遇見這種人，我都由衷希望我不要變成他們。

高中畢業之後，我到台北念書，沒有再遇見博美阿姨和她的博美們。

有時候週末回到家，抱著我的貓躺在午後的沙發上，偶爾會想，她現在是不是還坐在那座天橋下看著牠們玩耍？那個抽菸的男生呢？現在過得還好嗎？

雖然在寓意上，每個人都能是薛西弗斯，日復一日推著自己生活的價值往山頂上走，但我寧願將博美阿姨視為我心中的薛西弗斯。

在晨間的天橋上，薛西弗斯牽著七顆白色的毛茸茸小滾石往上走，即使是路過的遲到學生、穿著制服邊哭邊抽菸的男生，或是將自己的缺憾與理想寄託在高中兒子身上的中年教師，都不會被她所視為珍寶的價值壓死。

事實上，有一部分的我認為，在那段日子裡，我是被薛西弗斯與她的博美拯救的。

2022.10.04 2:24

台北潮濕的空氣一遍又一遍把我身上的味道沖刷掉，家的味道、台北的味道、我自己的味道，這三種有點矛盾的氣味在我身上競搏，最終留下妥協的我。

杜鵑花開之後

曾經我們是這麼嚮往杜鵑花。

那是我們還不知道杜鵑花象徵著什麼的年紀——十六、七歲時，我們第一次以訪視者的身分踏進台大校園。春天的中旬，我記得那天是光是在太陽下緩慢行走，就已經汗流浹背的天氣。而我的同學們是不會緩慢行走的……他們總是在奔跑，臉上卻一直是絲毫不感到吃力的樣子。明明是這麼令人痛苦的炎熱晌午，我卻努力邁開雙腳，跟上他們的腳步。

我們抵達台大體育館，約好了會合時間後各自分散，鑽入湧動的人群之中。那時還沒有想過，或許當時曾經跟哪個現在的同學擦肩而過——我只想著要鑽進去而已。

那是還不用戴口罩的一年。擺攤的大學生賣力地吼叫，拚命對我們遞出手裡的文宣。關於科系的一切被簡化為列點式的宣傳標語……不到半小時，我的懷裡已經塞滿了台大各個科系的資料夾和傳單。事到如今，真的已經不記得他們說過什麼。我只記得他們好像總是很拚命想對我們傳達一些事情——但那到底是什麼呢？為什麼他們要念法律系、社會系、政治系、電機系、哲學系、醫學系、園藝系、財金系呢？他們喜歡這些科系的什麼地方呢？

五年以後的今天，我一直在努力回想，但始終想不起他們給我的答案。

幾個小時後，我和同學在台大體育館的一樓會合。我們每個人抱著滿手文宣，面面相覷。

我們一起坐著回程的火車，搖搖晃晃地往桃園前進。

下周的課堂上，班導師笑著問我們，去了杜鵑花節有沒有對未來比較有方向？

我坐在台下低頭看著桌子，不敢開口說沒有。

我沒有向任何人提過，其實那天和同學搭車回去的時候，從台北開始，看著火車一站一站接近桃園，我突然覺得好惶恐——我感覺自己正在被運送到某個「正軌」上。在正軌上，我一回到家，就必須開始整理背包裡的那些文宣，必須知道自己要做什麼，必須向其他人解釋。那年我才高一，但是之後我會升上高二、高三，我會和學長姊一樣，在每一次鐘聲響完後，動筆寫模擬考考卷，下一次鈴響停筆……然後，那些考卷會決定了我要去哪裡。這就是我們的軌道。

在回程的車上，我突然無比清晰的看見了這個軌道。我看著身邊或坐或站、正在聊天的同學，意識到我們正在被運送回某個相同的地方。

這種想像讓我焦慮到幾乎作嘔。

於是，當火車到了浮洲，在車門準備關上的前一秒，我決定下車。

我一回頭，便看見還在車上的同學們震驚而困惑的看著提前下車的我。

我不知道要怎麼解釋這種衝動，於是在車門關上前對他們大喊：「我去找朋友！等等就自己回去。」

在那天傍晚，我散步到從前等媽媽從電影研究所下課時常去的「書店咖啡」。無論是老闆還是貓好像都已經不認得我了，但我終於感覺自己稍微脫離了我的軌道……透過這些衝動而怪異的抉擇，我勉強確認了，其實我還有一些選擇——如果我想要在火車到達目的地之前下車，那我就能夠下車。

那天的最後，我在太陽下山之前自己慢慢走回浮洲車站，一個人搭火車回家。

我繞了很多路，做了一些說來其實微不足道的冒險，但在那些自以為脫軌的時刻過後，我終究是在太陽下山之前回到了正軌。

在台大看了兩年的杜鵑花，杜鵑花對我來說早已不足為奇。我是說，我甚至很少停下腳步看花——我總是趕著去某個地方，而杜鵑花的周圍又總是圍著賞花的民眾。

另一個原因，或許是因為注視著那些爆裂似綻放的杜鵑花，我並不覺得美麗。

它好像無時無刻不在提醒著我，要記得自己為什麼在這裡。

但我並不知道自己為什麼要在這裡……或者說，我為自己暫時拼湊出來的答案，隨著時間流逝，變得越來越清晰而不堪。

這是一個很殘忍的猜想。我不知道自己該不該這麼說，但有時我忍不住想，那些選擇離開的同學，是不是也覺得自己一生都活在某種軌道裡面？他們是不是和那天下車的我一樣，決定要離開這個軌道，只是選擇了一個沒辦法再回來的方法？

因為那天，當我目送著同學們在車門關上之後繼續前往他們該去的地方、消失在我的視線裡，我突然感到一陣深刻的孤獨——其中卻夾雜了一絲解脫。

或許這是我害怕杜鵑花的另一個原因。

作為某種象徵，它總是在正確的時間綻放。它開得這麼準確……驕傲地、生來供人玩賞似的綻放，無論行經它身邊的人正在經歷多少痛苦，它總是開得這麼漂亮。

無論目睹了多少疼痛與悲傷，杜鵑花明年仍然會繼續綻放。

如果你想聽，這個故事還沒結束——或許它可以有個更好的結局。

那是四月中的某個午後，那時台大還沒改成線上上課，我穿著寬鬆的帽T，昏昏欲睡的從宿舍出發，前往文學院上通識課。那天我一時興起決定走路，並且，就像五年前的那天一樣，那是一個緩慢行走都會汗流浹背的午後。

但這次我不再需要邁開腳步追逐了。我還不知道自己要去哪裡，說實話，我曾經以為上了大學就會得到答案，但現在的我比高中時更迷惘了。但也正因為這樣，我放慢腳步，慢慢走在校園裡。

就在那時候，我第一次真正看見了杜鵑花。

和三月中的時候不同，此時的杜鵑花已經開始凋謝，豔紅的花瓣凋萎枯黃，上面布滿蟲咬的破洞。一旁的地上，花瓣被漫不經心的踐踏。

它不再漂亮了。沒有人會再來看凋謝的杜鵑花。

但我恍然意識到，其實在綻放結束之後的日子裡，它還是活著。

這個念頭讓我停下腳步。

我看著那些殘存的花朵，第一次覺得它們是美的——它們不再漂亮了，但它們很美，跟我們一樣。

杜鵑花開之後花謝，那是它不再作為某種象徵的時候。比起綻放時供人瞻仰，我更愛它以生命之姿如常存在。

直到我寫作的此時，校園內已經沒有任何還開著的杜鵑花了。

但我知道到了明年，杜鵑花仍然會繼續綻放。

Filmstrip

在我小時候收藏的眾多玩具裡面，有一隻我曾經短暫鍾愛的哆啦A夢塑膠公仔。至今已經忘記公仔的長相，連是黃色還是藍色都記不清，失真的記憶中只隱約記得那是親生父親帶給我的禮物，還有如果把眼睛湊近它咧開的嘴巴，同時輕按它身上的按鈕，會看見一張又一張的彩色幻燈片，裡面印著哆啦A夢的不同場景，四、五張一個循環。

很長一段時間，我的娛樂就是躺在客廳的紅褐色沙發上，透過日光燈管的白光一次又一次按著按鈕，看著幻燈片切換的瞬間。我的家人不是很能理解我的這種娛樂：一個小孩躺在沙發上，拚命把眼睛湊近哆啦

Ａ夢的嘴巴、一邊喀噠喀噠按著按鈕，從成人的眼光來看，大概只覺得是非常荒謬的光景吧。

直至今日，我也說不出那些幻燈片究竟為何如此讓我著迷，只是偶爾想起那個不知去向的公仔，總隱隱感到悲哀。我想起那套紅色的、總是不停從木椅上滑落的皮質座墊、滋滋作響的映像管電視、日光燈管周遭那些壁癌，還有家人經過客廳走向廚房的腳步聲——我想起這些恍若隔世的光景，明白到就算我把玩具找回來了，躺在現在的客廳、朝著日光燈喀噠喀噠地切換幻燈片，也無法再把那時的景象換回來。

這好像就是生活有點殘忍的地方。它不是幻燈片玩具，它一點一點推進，卻不循環。直到某天你赫然回首，才會真正意識到，那些被換掉的東西已經不會再回來了。

我有意識以來記住的第一個景象，是外公外婆房間的天花板。我說不出那張天花板是什麼材質，只知道是泛黃的米白色。我記得小時候總愛數天花板上的格子，事到如今卻已經不記得那些格子的樣貌。

唯一記憶清晰的是，在天花板中央，靠近外婆的一側，有兩條長條形的日光燈管，一條繩子垂吊下來，拉一下全亮、兩下一半、三下是橘黃夜燈。

房間的窗台種了幾株多肉植物，葉片從中心往外輻散，外婆都跟我說那就是蓮花。有時外公替我刷牙前，會拔一片下來給我吃，葉片的汁液在嘴巴裡滲出，溢滿酸澀的味道，舌頭暫時麻痺、失去知覺，讓我像燙到舌頭的貓一般吐出舌頭。但當外公把盆栽放回窗台，說「還是不要吃好了」的時候，我還是會噘起嘴說我還要。有幾個晚上，我趁外公外婆不在房間，踮起腳尖拔下石蓮的葉片放進嘴裡，等他們進房間便賊賊地笑——外婆有時會抱怨窗邊的石蓮葉片越來越少。

臨睡時總是由外公關燈，喀喀喀地拉三下垂線，日光燈管便會慢半拍的暗去，留下中間一顆圓滾滾的橘黃色小夜燈。

通常外公會說他自己編的床邊故事哄我睡覺，不過有幾個晚上，外婆已經沉沉睡去，外公也講故事講到睡著了，只剩我一個人醒著，我便會躺在床上，百無聊賴地盯著天花板。有時窗外車燈閃過，光線透過霧面玻璃上的雕花投射在天花板上，形成曲折的光影；有時壁虎會在房間的角落鳴叫，我努力轉動脖子，卻總是找不到牠，只好在恍惚之間慢慢睡去。

隔天，等我睜開眼睛的時候，通常大家都已經起床。我總是習慣賴床一陣子，一邊感受龍井的日光穿過窗戶、貼附在皮膚上，一邊聽著早晨的聲響。

那些早晨，外婆會坐在床尾邊摺衣服邊看晨間新聞，外公則下樓去拉開一樓藥局的鐵門。外公拉鐵門的聲音像是被印刻在我的記憶裡——

即便到了現在，有時走在路上，聽見有人拉開鐵門，我仍然會停下腳步，感覺心裡有某處被喚醒，隱隱騷動著。

到四、五歲為止，我每天早晨都看著那張天花板，聆聽那些日復一日響起的聲響。如今我還記得那些聲音，然而每天睜眼、閉眼時看見的那張天花板，卻只剩下模糊不清的印象。

前陣子去書局買朋友的生日卡片，在櫃台掏出錢包結帳時，偶然看見櫃上釘著一排月亮和星星圖案的螢光貼，想起媽媽也曾替我在房間的天花板上貼過這樣的貼紙。

大約五歲時，媽媽再婚，我跟著她來到桃園，第一次有了自己的房間。我把喜歡的娃娃都一起帶去，打算在睡覺時抱著。但第一晚媽媽替我關上燈時，我仍然被一片漆黑的房間嚇得不輕。我已經太習慣外公和外婆房間的橘黃色夜燈，不曾體會過那樣全然的黑暗。所以在媽媽和繼父睡著後，我摸著黑來到主臥室，硬是躺在了他們兩人中間。

這樣過了三、四天，他們不勝其擾，媽媽只好帶著我去買一組夜光貼紙，踮起腳尖替我貼在房間的天花板上。

那天下午，她關上燈，拉上我房間的窗簾。午後的日光被隔絕，月亮和星星在天花板上散發隱微的光芒。「這樣好嗎？以後就不用怕黑了。」媽媽低頭問我，我點點頭。

在那之後，每個睡不著的夜晚，我就盯著那些熠熠發光的星辰，思考到底是什麼原理讓它們發光。有一陣子，當我意識到桃園的夜晚總是寂靜無聲，我也會思考為什麼只有台中有壁虎，桃園沒有——很久以後才知道，原來桃園不是沒有壁虎，只是這裡的壁虎不會叫。

不知不覺間，我似乎也習慣了沒有睡前故事和橘黃色夜燈的日子，有時週末回到外公外婆家，甚至會感覺躺在他們中間不太自在。

再次開始怕黑，是在小學二、三年級，我和媽媽一起去看某部（原本應該）闔家觀賞的電影，劇院卻突然在一群小孩面前放起《半夜鬼上床》的預告。那天晚上我一閉上眼睛，腦海裡就出現小孩一邊跳繩一邊唱著詭異歌曲的畫面，恍惚之際又聽見女主角哭喊「不能睡著！」，嚇得睜開眼睛，就這樣半夢半醒直到天明，連天花板上的螢光貼紙都無法撫平我對佛萊迪的恐懼。

從那時起，我開始在睡前看書，睡不著的夜晚索性把燈全開，在被窩裡翻著金庸、《哈利波特》、《魔戒》，《佐賀的超級阿嬤》更是看了七次，有時直到天亮才敢闔眼。儘管腦中仍然會想像佛萊迪戴著高帽子，用長指甲劃過牆壁、一步一步接近房間的樣子，但書本彷彿是盾牌，擋在眼前，恐懼就無法侵襲。

大約是從那時起，每當我感到悲傷或恐懼，就開始看書。所以在那些繼父和媽媽對彼此嘶吼的夜晚、在醫院裡探望昏迷不醒的外婆的午後，我看了一本又一本小說——有時候我會閉上眼睛，想像自己不在這裡，而是身在某個更美好的地方，似乎唯有如此，才能讓我暫時從現實中抽離。

不過那個由幻想堆砌而成的世界似乎仍有它的極限。

某個晚上，我躺在房間裡，聽著門外那些連書本都無法抵禦的吼叫聲，又看見頭頂上那些早已黯淡的星星和月亮，不知為何突然有種預感，覺得或許不久後，我便再也看不見這片天花板了。

搬離那棟房子的時候我在學校上課，媽媽要我列一個清單，寫下我想帶走的東西。我從那棟房子帶走了許多東西，不過還保存到現在的，或許只剩下閱讀的習慣。

離婚手續辦完後，媽媽從律師事務所回來，帶了一本《少年Pi的奇幻漂流》。

在那之後我沒再見過他。

奇怪的是，我從小到大明明看了這麼多書，只有這本書直到現在都沒辦法看完。

在媽媽離婚後，我們輾轉住了許多地方，直到我小學六年級那年，媽媽終於在桃園買了一棟房子，外公和阿姨不久後也賣掉了台中的老房子，搬過來和我們一起住。

那棟老房子有許多外公捨不得丟掉的相簿、家具，所以在某個假日，媽媽開車載著外公，到台中把那些家具都帶回桃園。

那天晚上，半夢半醒之間，我在一片寂靜中赫然聽見壁虎的鳴叫。我睜開眼睛，心裡隱隱感到震驚——自從五歲那年離開台中，我已經好久沒有聽到壁虎的聲音。

儘管那棟老房子已經賣掉了，外婆和舅舅也早已去世許久，好多事情不再一樣，卻還是有隻壁虎從台中一路偷渡到桃園來了。

當晚，我躺在床上盯著天花板，聽著壁虎規律的鳴聲，以及外公、阿姨和媽媽此起彼落的打呼聲，心裡默默確信，在這裡的一切都會很好。時隔這麼多年之後，我和我的家人又聚在一起了。

而這裡的一切也確實很好，在和繼父離婚後，媽媽也解放似的開始做一些過去繼父不允許的事情——例如養寵物。在我升上國中之後，我們領養了一隻一歲半的虎斑貓。送養人告訴我們牠叫「阿虎」，牠充滿野性的綠色眼睛也的確像極了一隻小老虎。

牠來到我們家的第一天，剛從外出籠踏出來，就警戒地四處張望，然後一陣飛奔竄進阿姨的床底下，留下半截尾巴在外頭不安地甩動。那陣子我們全家人都追著阿虎東奔西跑，有時在家裡的角落驚見牠偷偷留下的排泄物，有時想摸摸牠，也被咬得滿手是傷。

幾個星期後，阿虎仍然沒有放下戒心，我們看電視時，牠總是待在客廳最高的櫥櫃上俯瞰我們。有天睡前我走到客廳關燈，抬起頭發現阿虎還沒睡，正若有所思的盯著我。

我想起送養人說牠在流浪時曾被人虐待過。或許牠也在慢慢適應這個新家。

「哈囉阿虎，」我小聲說道。「希望你喜歡這個家。」

牠甩甩尾巴，在櫥櫃上小心翼翼地趴了下來。

現在阿虎已經快要八歲，是隻中年貓了。牠在我們家待了六、七年，跑遍了每個角落、在家具上留下各式各樣的抓痕，原本瘦小的身軀則被阿姨餵得日漸肥胖，現在已經跳不上櫥櫃。

牠還是會冷不防地咬人，但知道絕對不能咬阿公，也慢慢學會向我們撒嬌，開始會走在我們身後，煞有其事地跟進跟出。

有時看著阿虎安心地躺在沙發上沉睡，不禁好奇，牠會不會夢到以前的事情？牠還記得自己的母親嗎？會想起自己在街上流浪的日子嗎？

牠想起那些自己不會再見到的人（貓）事物，會感到悲傷嗎？即使是這隻貓小小的腦袋裡，也承載著我無法觸及的記憶。不過，無論是貓或是人，在面臨生命中無法預期的變動時，似乎也就是這樣日復一日的習慣，最終安定下來。

在我升上大學、搬到宿舍之前，我替阿虎拍了一張底片照。照片中的牠端坐在客廳，懶洋洋地盯著鏡頭。看著那張照片，我明白很久以後，當這棟房子不復存在，牠坐在客廳的模樣會是每次我回憶起這裡時，不可或缺的一抹光景。

—✝—

一年前升上大學，開學前一晚，我拖著一個大行李箱，在火車站前和媽媽告別，隻身來到台北。

剛搬進宿舍的第一晚，我戰戰兢兢地爬上上鋪，在黑暗之中聽著學姊們的呼吸聲，慢慢睡著。

隔天清晨，我在半夢半醒間似乎聽見了外公踱步經過房間的腳步聲。迷迷糊糊中翻身，卻感覺到自己在半空中，赫然驚醒。

看著頭頂陌生的天花板，我感到暈眩，一瞬間不知道自己在哪裡。片刻後才想起，這裡不是家裡，是學校宿舍。

那一刻我忽然感到非常迷惘。我想起每一次搬家，總會有這樣的時刻。你在夢中翻身，困惑地睜開眼，才發現眼前已經是另一片天花板。

我閉上眼睛，想起過往的每一片天花板。它們開始在我的腦海中不停切換——只是有些模糊不清，有些則已經不復存在。

前年秋天，我們全家為了祭拜舅舅和外婆，回台中住了幾天。其中一晚，我趁著空閒，決定自己散步回老家看看。

透過 Google 地圖，我知道老家已經變成三陽機車的店面，外公外婆的房間也被打通，改裝成儲藏室。我原以為過了這麼久，再看見老家時只會覺得感慨，但是那一晚，看到二樓窗台上那些曾經裝著石蓮花的、空空的盆栽，我還是站在馬路對面哭了起來。

透過門口的玻璃門看進去，彷彿還能看見那些賴床的早晨，坐在床邊摺衣服的外婆、準備拉起鐵門的外公，還有躺在沙發上，努力把眼睛湊近玩具、「喀噠喀噠」地切換著幻燈片的自己——一切都像一場迅速崩塌的夢境。

我再次睜開雙眼。窗外，台北的天光微微亮起。

看著眼前陌生的天花板，我恍然明白生命的齒輪仍在不停轉動，幻燈片正在慢慢切換，而我已經進入新的章節。

2022.08.09 2:20

這幾天頻繁地做夢，今天夢到我的朋友 C，好久沒有見面了。我忘記我夢到關於她的什麼，但隱約知道內容大概是她爲我做了很多事情，然後在一旁默默等著我結束，但我到夢的最後才想起她。

醒來之後傳訊息給她，跟她約見面，她說下週吧，這週要去看醫生。她告訴我她的胃生病了。不知道嚴不嚴重？我也沒有問，不知道怎麼問。我感覺我們之間一直有種微妙的聯繫。我很少想起她，但是傳訊息給她的時候，她也好像一直在等著我一樣。
我不知道，但我眞害怕。日常生活中有太多麻痺人的物質了。

我害怕這些小劑量嗎啡讓我慢慢忘記什麼才是重要的。

苦悶的、苦悶的蜘蛛網

大多數時候，我認為自己是個堪稱和善的人。我是溫情主義的盲目信徒，就像我從小在圖畫紙上描繪完一切醜惡事物後，也會記得在角落畫上一顆拙劣的太陽。

但偶爾，在經期前後，經血在腹中翻騰、肩頸持續鈍痛，偏頭痛急劇發作的時候——尤其是在這種時候，我對世界感到厭倦與憤怒，其餘的人事物便在我眼裡幻化為醜惡的、非常醜惡的象徵。

這樣的夜裡，當我窩在被子裡看手機，任由藍光穿透我的眼角膜，刺激我原本就隱隱作痛的腦神經時，我會在憤怒之下突然有種錯覺。我想像我們是一群蜘蛛，八隻腳，有時七隻，各自盤踞在陰暗房間的角落。

我們是一群苦悶、無能的蜘蛛……我們攀附在各自的網上，看著醜惡在底下發生，並悄悄為自己注射神經毒，如此才能入睡。

—†—

我們沒有別的事可做，我們沉迷於織網的競賽。然而我們華麗的、精心布置的網中央，是徬徨而空虛的心靈，每當風吹草動，我們便緊張地四處張望，生怕自己的網不夠牢固到能撐起脆弱空洞的內在。盤踞在自己的網上，我們是掠食者……然而有更多時候，我們是獵物。

我們是苦悶的世代。我們的苦悶不只在於生活，而是我們總感覺必須竭盡一切去呈現出自己最好的生活，卻毫不在意他人的生活。

我們有好多話想說，你仔細看牆角那隻蜘蛛，牠的嘴巴時刻開闔，喋喋不休。但是若你再把耳朵湊得近一點，就會發現牠說出來的東西全然沒有內容。牠不知道自己為了什麼而說。

牠是你的高中同學。牠想當 YouTuber，最近沉迷開箱，牠時常開箱美妝用品、開箱自己的包包、開箱宿舍房間、開箱大學教室，並且每年寫一次學測試題，告訴大家牠是怎麼考上台大的。所以，你看見滿地箱子都被牠開完了，牠還在焦慮地舞動著毛茸茸的八隻腳，搜索自己的生活中還有什麼能被打開的東西。但這不是最恐怖的。恐怖的是，當你放眼望去，你會發現牠背後還有好多蜘蛛，在說著千篇一律的話，做著一模一樣的事情，牠們兩眼發直地剝開生活中的箱子，遍地都是紙箱的碎屑——失去了箱子，那些被打開的東西看起來是那麼一文不值。

另一隻蜘蛛……牠最近開始幻想自己無時無刻不被注意。所以你看牠網上掛著的那些發亮的光點——那些是牠想像自己在業配的廉價飾品。牠只有七隻腳，有一隻被牠焦慮地啃咬掉了。因為某天牠遠遠望去，發現房間裡有數千、數萬張蜘蛛網，其中幾乎每一張網都發出比牠炫目的光亮。那隻斷了的腳看起來並不美，所以牠照相時總是側著右半邊給人拍照。

還有那隻得過文學獎（僅有佳作）的蜘蛛，中文名是青年作家網紅蛛……牠以為自己不是蜘蛛，因為牠的網跟其他人不同。牠的網上掛了一些詩句、散文、底片照，岩井俊二、王家衛和法國新浪潮的電影海報也晾在上面。牠在上面不可一世的游移，朝著上面那些發亮的網吐口水，但其實牠也從來沒有踏出這張網過。或許牠相對接近地面了……但牠還不敢直視底下那些醜惡。那些未經修飾的真正疼痛。

我們這群蜘蛛，不在乎真實，不在乎愛，不在乎他人的痛苦——我們說話、我們布置自己的網，我們有好多話想說，喋喋不休，卻從來不知道自己到底在說些什麼、又為了誰說。

看到這裡，或許你恨透了這些蜘蛛，你想把這些小蟲捏死。但我想告訴你，這些蜘蛛也很可憐。

牠們的可恨其實正體現了牠們的苦悶——這些逗點大的蜘蛛，每天晚上入睡前都會進行一種詭異的舞蹈。你看過嗎？那是邪教布道或演唱會一般的詭譎景象。

最上面那些巨型蜘蛛，在牠們布滿千億鑽石的網上翩翩起舞。而下面成千上萬隻蜘蛛，儘管平時不太專心聽人說話，但此時牠們虔誠的靜默，跟隨著巨蛛舞蹈。

你仔細看看，這些巨蛛是誰？那隻是某個藝人的女兒，十六歲出道，忽然間大家都得看著牠了。牠說自己從小開始學芭蕾，所以才可以站在那裡跳舞；又或是一旁那個在蝦皮上賣會考筆記的北一女中學生，大家是這麼認真地聆聽牠大放厥詞地說努力才能帶來成功——成功到像牠一樣能攀在那張網上，不時向下撒落一些升學主義的廢紙；或是看著那些富有的網紅，如何廣告著牠們根本不需要的公關品。

底下的蜘蛛們，我們拙劣舞蹈，模仿牠們精湛的獨舞，這場盛會的入場門票是我們的焦慮。

所以，你能責怪我們嗎？我們這些得過且過的蜘蛛是這麼虔誠地模仿著我們永遠不可能得到的生活。

在我們是捕食者的時候，一切還有一些轉機……然而當我們不小心踩空，向下墜落時，我們便會落到另一張網上。

試試看吧，像平常那樣。從一張網中落入另一張網中，看似自發，其實你總是動彈不得。你仰躺著，掛在網上，感覺到黑暗深處傳來一陣騷動……你以為自己要死了。但那隻蜘蛛舞動著牠的肢體，從網的另一端攀過來──牠什麼都沒做，只是用八顆眼睛看著你，用近乎渴求的聲音說：「看著我！請你看著我幾秒鐘……」

這時你才真正明白，我們是多麼苦悶又悲哀的一群蜘蛛。

一陣掙扎之後，你再次墜落。

在下墜至死之前，或許你會在黑暗中看見牠們。

那一雙雙乾燥或濕潤的眼睛。

好了，時間到了，該放你走了。

現在你能去下一張網了。

2022.12.26 2:06

我想到帳篷。那天晚上在帳篷，我們在露營。我的手掌……或許是手掌，被鐵鏽的柱子劃破了。媽媽擔心會破傷風，繼父說不會的。

玩具箱中

在我小學二、三年級的時候，我跟媽媽還和繼父住在一起。當時我的房間角落放著一個淺綠色的塑膠玩具箱，買的時候附了一片霧面的蓋子，上面貼著「IKEA 兒童收納盒」的標籤。

那個玩具箱剛買回來的時候表面光滑得發亮，是家具型錄裡面會出現的、小孩子夢寐以求的那種玩具箱。剛把它帶回家的時候，我曾幻想著自己會在玩具箱裡面裝滿毛茸茸的填充玩偶、芭比娃娃、電動車，把一切美好的事物都裝在裡面。

我當時真的是這麼以為。就像小學的時候捧著那盒蠶寶寶，總會以為自己真的能好好照顧牠們、讓牠們孵化成蛾一樣。

但是這一切幻想在一個月內就破滅了，因為當時的我有個惡習——我把所有我不想看見的東西藏到我不會看見的地方。

那陣子，我的早餐是一種很硬的饅頭。我不喜歡那種饅頭，每次帶到學校吃都會剩下一半。在學校，老師會檢查廚餘桶有沒有大家亂丟的食物，我不敢丟進廚餘桶，所以我會把饅頭塞進書包的深處帶回家。

但是繼父不喜歡我每次吃東西總是吃不完，尤其是他特地買回家的饅頭。

我把饅頭丟進家裡的廚餘桶時，他不悅地問我：「為什麼不吃完？」

我不敢告訴他饅頭難吃，所以怯怯地回答：「太飽了。」

在那之後，我不敢再將早餐丟進家裡的廚餘桶，於是我想到了一個可以把這些饅頭放進去的地方——我的玩具箱。

我把那個玩具箱塞進房間角落的收納櫃，然後趁家人不注意的時候，把吃剩的饅頭丟進去，再蓋上蓋子。後來，不只是早餐，我開始把所有我不想再看見的、亟欲逃避的一切，全都塞進那個玩具箱。

當時九歲的我，內心深處其實應該知道，就算我把這些都藏起來，它們還是存在，並且用一種更糟糕的方式在我的生活中持續腐爛。

但我找不到其他出口。那時的我找到最好的方法，就是不要看見。不要看見，就幾乎可以相信它不存在。

那些夜晚，我躺在我方方正正的小房間內，在黑暗中不安的背過身，試圖忘記櫃子深處那個玩具箱，在內心祈禱它永遠不要被打開。

大約從高中開始，我注意到我和其他人記憶的形式（pattern）不太一樣。我的朋友阿K有時會突然說起我和她在國中時期共同的回憶，她口中的那些回憶通常都非常詳細、鮮明，有時我甚至忘了自己曾經做過那些事情。

我發現，我不太主動想起過去發生的事。即使我試圖主動去回想和某人曾經發生過的事，也時常是一片空白，只有幾個重要事件的記憶會鮮明地留存下來。

其他瑣碎的記憶，往往在被觸發之後，才會突然出現在我的腦海。包括小時候那個玩具箱，也是我前陣子經過麵包店，看著架上的麵包時突然想起的——想起玩具箱的那一刻我有點震驚，因為我發現，從小學到現在，我居然一次都沒再想起過這件事。

在那之後，有許多類似的記憶突然開始在日常生活的片段中一一被觸發、浮現。我想起舅舅去世時太平間的氣味、想起媽媽和繼父吵架，在公寓中庭的噴水池邊哭著跟朋友講電話，而我百無聊賴的坐在旁邊等她……

這些我所欲逃避的、不願再想起卻無法丟棄的記憶，好像都被裝進了我腦中的玩具箱，讓我可以不受干擾地過日常生活。但是偶爾，當蓋子忘記蓋好時，它們會溜進我的生活中，讓我再次想起在我腦袋的深處，還有這個我還沒準備好要面對的玩具箱。

並且，我發現，不只有我會將不想看見的事物都塞進這個箱子裡。每個人或多或少都曾將所欲逃避的事物堆積在視線的死角，例如在咖啡店門口抽菸的大學生，例如在火車上發呆、忽然想起自己已經好久沒有回家的人，例如明知不和，卻還是一起過情人節的情侶。

只是，現實中的玩具箱被我裝滿廢物和廚餘後，開始腐爛、發臭，那心裡的玩具箱呢？被裝在裡面的東西，最後會變成什麼樣子？

—✝—

媽媽曾經告訴我一些關於我親生父親的事。大部分是抱怨，關於他是多麼惡劣的人。媽媽不常說，但是一旦她說起，我總會饒富興味地聽，因為我從三歲以後就沒再看過他。

有一次，媽媽說起在我兩歲生日的時候，他送了一個很大的蛋糕來給我。

「那個蛋糕好難吃噢。我們全家只吃一口就把它丟掉了。」媽媽笑著說道。

雖然我已經不記得他的臉，但有時候我會想起他。我會想，不知道他會不會想起我，還有那個被丟掉的蛋糕。

大概一、兩年前，我搞丟了我的身分證，媽媽氣呼呼地載我到戶政事務所補辦。在補辦的空檔，她突然問戶政人員，能不能調調看我爸爸的資料？我有點困惑的看著媽媽，她笑說她只是有點好奇他是不是還活著。戶政人員說可以。然後她告訴媽媽，爸爸還活著，戶籍地址也沒改，只是我的爺爺前年去世了。

回家的路上，媽媽開著車，突然喃喃說道：「他沒有要妳回去拜他爸欸。」

我從後視鏡裡看著媽媽，看不出她究竟是慶幸還是難過，所以我只回答：「對啊。」

或許我也被親生父親裝進他記憶裡的玩具箱了。

在漫長的人生裡，我們把一些人裝進箱子裡，也被一些人裝進去——或許只有這樣，我們才能繼續生活下去。

†

關於那個裝滿饅頭的玩具箱的結局，它在幾個月後的一個下午被我媽打開了。

那陣子媽媽總是說我房間有股怪味道，我都會說，應該是外面飄進來的吧。但是那天，媽媽開始在我的房間裡翻找，異常堅持地要找出味道的來源——於是那個玩具箱被打開了。

我已經不記得那個箱子打開來的瞬間是什麼樣子，但是我大概會一直記得媽媽打開箱子時的表情，還有我幾乎停滯的心跳。

就這樣，那個淺綠色的、不再發亮的玩具箱被丟掉了。在那之後沒幾年，媽媽就和繼父離婚了。

不知道為什麼，在我的潛意識裡，總覺得這兩件事是有關聯的。好像媽媽在丟掉那個玩具箱的時候，也將她心裡一直藏著的什麼東西翻出來了。但我沒問過她，她也沒告訴過我。我只是在心中偷偷這樣推測而已。

媽媽和繼父離婚後，我也沒再把吃剩的饅頭塞進箱子裡過——當然，或許是因為我們不再吃饅頭的關係。

我最近偶爾還是會忍不住就把不想看見的東西堆積在角落，只是在它們成為下一個玩具箱前，我會急急忙忙地攤開它們，一一檢視之後放回屬於它們的位置。

而我由衷希望記憶不會是像饅頭那樣快速變質的東西，希望在我鼓起勇氣打開心中的玩具箱之前，它們能夠像玻璃珠一樣靜靜地躺在箱中，等待某天我緩慢的、小心翼翼的，再次拿起它們。

2022.08.26 12:25

有時候覺得電影跟人的關係像是漩渦，電影牽扯電影，就像人牽扯人一樣。
說是牽扯，比較好聽的說法可能是命運……只是從來不知道誰先誰後而已。
前幾天我到龍岡的咖啡店寫稿，突然想到《青少年哪吒》的配樂，就隨手找來聽。
後來我把東西掉在龍岡，我媽隔天載我回去拿，我們順便去了龍岡圖書館。要離開的時候我媽跟我說她借了一部電影，不知道我有沒有看過。她翻過來的時候，我才看到那部電影是《青少年哪吒》。
今天晚上，媽媽回台南了，我跟阿姨一起再看一次。看的時候我一直在想，我是個很迷信的人。看書的時候、看電影的時候，我一直相信我在某個時期遇到某部電影是有意義的，或是某個符號反覆出現在某個生命的階段裡有它的原因……而我的意義也會在某天和別人的意義牽扯在一起。
它們源自我的問題，也是我的答案。
其實這些迷信沒有任何根據，但某些時刻我總覺得，自己好像能夠無比清晰的感覺到這些漩渦。

Eddy diffusion

「渦流擴散（Eddy diffusion）是因為在大氣或是其他流體系統中，因為渦流產生的擴散作用。在另一個定義中，是因為渦流造成的混合，渦流可以小到紊流中的科莫微尺度，也可以大到像海洋環流。」——維基百科。

我的一切文化資本大概都承襲自我的母親。

二〇一〇年，中島哲也的《告白》上映，那年我小學三年級。某天放學，媽媽說要帶我一起去看電影。對小時候的我來說，「放學後去看電影」的行程簡直是不可思議的奢侈，所以我欣然同意，坐在後座聽媽媽簡介這部電影。

說是簡介，其實她對這部電影大概也所知甚少。很久以後問起，她甚至不知道原作是湊佳苗。她只說她很喜歡女主角松隆子，也喜歡這個導演的其他電影——現在想想，那部電影一定是《令人討厭的松子的一生》。或許她當時有提到，或許沒有，總之那是當時想到電影院就想到爆米花的我還不太明白的事。

電影準備開演前，觀眾魚貫入場，我們想跟著進去，卻在入口處被攔了下來。驗票人員問我幾歲？我心臟跳得飛快，驚惶失措地抬頭看著媽媽。我媽說：「小三。」他又再問那具體是幾歲呢？我才怯怯地自己回答：「八歲。」

售票人員面有難色地告訴我們《告白》是輔導級的，十二歲以上才能入場——於是媽媽開始和售票員爭執，就像她在餐廳感覺食材不新鮮的時候一樣。

她說她是我的監護人，她同意我看就是可以。何況如果是輔導級，為什麼買票的時候沒有提醒，入場前才阻止呢？

我紅著臉盯著地上，羞愧到想把自己埋起來。雖然這些爭執並不是我的錯，但每次發生，我總會感到燒灼的羞恥。

一群工作人員聞聲聚了過來。我忘記他們最後是如何達成共識，不過以結論來看，總之我最後跟著媽媽入場，從頭到尾把《告白》看完了。

結論的結論是，我嚇壞了。

那是我第一次知道原來人是可以被冰進冰箱的。

直到今天，我還記得那一幕——少年A把冰箱打開拿飲料，飲料旁邊冰著美月的手。當時八歲的我目瞪口呆地看著巨大電影銀幕裡的那隻手。

長大之後我回頭看了幾次《告白》，已經不覺得這部電影駭人，甚至多少也說得出它作為一部電影不完善的地方。但對那時的我來說，

《告白》非常直接而粗暴的打開了我意識裡的一扇門——門裡面是深不見底的黑暗。我第一次了解，世界上的故事不全然都有著美好的結局。有一些悲慘、不幸的故事，而這些故事，有時竟然是……非常美的。

走出電影院。我拉著媽媽的手，兩人並肩走在熄了燈的百貨櫥窗旁。媽媽沉默許久後，突然低頭對我說了聲：「對不起。」

我趕忙回答：「沒關係」——不知道為什麼媽媽要道歉。

直到現在，用後設的角度回顧，我才真正意識到那天晚上大概開啟了某種入口……不知道是不是每個人都曾有過這樣的時刻？就是，很久以後回看，你彷彿能在自己的生命路徑裡找到一個起點。那個起點回答了很多事情，你往後經歷的一切，都以某種間接的形式與之相連在一起。

它先是紊流，最後形成一股漩渦——事後回看，你似乎不得不承認，所有你以為和它無關的一切，其實早就深深陷落在這股漩渦裡面。

媽媽喜歡《令人討厭的松子的一生》，或許是再自然不過的事情。

她大學是外文系畢業，她不只一次告訴過我，她年輕時的夢想是當劇場演員，直到二十六歲那年，驗孕棒上的兩條線宣示了我的誕生。於是她去考了教甄，成為國小英文老師。

在之後的人生中，像是補償某種缺憾似的，她從我小時候就開始帶我去看劇場。她會說，她認識這齣戲的導演或演員，然後我們坐在台下看完整齣戲。散場時，她有時會帶著我到後台找朋友，寒暄幾句之後離開。我抬頭看著媽媽，發現在那些時刻，她的眼睛裡會閃爍著某種光芒。但在回程的路上，那樣的光芒會漸漸消散，最後又變回原本的模樣。隔天，她叫我起床，我們會像平常一樣睡眼惺忪的出發去學校。

除了劇場，她也帶我看過許多電影——她喜歡王家衛、昆汀．塔倫提諾、克里斯多福．諾蘭、珍．康萍、阿莫多瓦……像是一張複製文化資本的清單一樣，我在高中之前幾乎已經看過一輪這些導演的電影。光是在國中時期，我就在我們家的電影櫃裡翻出《猜火車》、《追殺比爾》、《終極追殺令》、《發條橘子》、《四百擊》、《春光乍洩》，然後自己一一看完。

很長一段時間，媽媽對我來說是很重要的指標。我想我是亦步亦趨地在模仿她的電影品味……不只模仿，我更希望我喜歡的電影也能得到她的「認證」。我會在看電影的時候抬頭看她的眼睛，窺探她的情緒——但媽媽有她自己的決斷，對於不喜歡的東西，她總是不留情地表現出煩悶與無趣。

小學時，我在圖書館找到了《壁花男孩》的小說，發現它有翻拍成電影，便雀躍地放給媽媽看。我忘記她看完的評語，只記得她看來興趣缺缺——只有在其中艾瑪．華森和伊薩．米勒演《洛基恐怖秀》的片段眼睛亮了起來，告訴我她曾經在美國看過《洛基恐怖秀》，那是她經歷過最不可思議的觀影經驗，以後如果我有機會也能去看看。

大概是因為這是《壁花男孩》唯一觸動她的部分，所以我有點沮喪地記住了：長大以後有機會要去看《洛基恐怖秀》。

現在想想，這樣期待自己喜愛的事物能被認可的習慣，或許有些病態……即使到了現在，我還是會在和朋友看電影時，忍不住在黑暗中偷瞥他們的表情。

在我國二時，媽媽似乎覺得已經是時候追尋自己未盡的夢想，於是去報考了台藝大電影研究所，開始在週末帶著我到浮洲的台藝大校區陪她上課。

在等媽媽下課的空檔，我有時到學校附近有隻橘貓的「書店咖啡」等她，但我要自己用零用錢買咖啡。有時坐在台藝大圖書館裡寫會考習題，讀累的時候就起來借書或電影。走在台藝大校園裡，國中二年級的我第一次看見未來大學生活可能的樣貌：午後的圖書館，陽光從圓窗外透進純白的室內，書櫃角落破破爛爛的川端康成小說；書店咖啡裡，爵士樂轟轟作響，大學生席地坐在軟墊上，我低頭看著會考數學題，側耳傾聽他們的對話。

也在那時，我在台藝大圖書館第一次看到今敏的電影。我還記得依序是《妄想代理人》、《盜夢偵探》、《東京教父》、《千年女優》到《藍色恐懼》。我開始看一些媽媽沒有提過的電影。同樣在十四歲那年，我在YouTube上偶然看完了岩井俊二的《青春電幻物語》。

我逐漸在電影之中找到一些脈絡，一些相互連接的節點——媽媽喜歡諾蘭，但她不一定知道諾蘭的《全面啟動》致敬了今敏的《盜夢偵探》；也未必知道昆汀·塔倫提諾的《追殺比爾》裡面有《青春電幻物語》中的配樂，而《青春電幻物語》又啟蒙自楊德昌的《牯嶺街少年殺人事件》。

大概和叛逆期非常同時的，我開始意識到媽媽——我的啟蒙者——其實並不總是知道所有事情。我曾經從她眼中看見一個廣大得無窮無盡的世界，如今卻像是楚門的船撞到盡頭布景一般，發現這個世界的限制。

我感覺到某種攙雜著失望與興奮的迷惘——八歲那年，我牽著媽媽的手走出電影院時彷彿發現了一扇門……我以為那扇門裡面的世界就是全部了。但從這時開始，我發現媽媽的世界不是唯一的答案。離開這扇門之後，還有許多我要自己走完的路。

我想我真正踏出這個世界的時刻，是在十七歲那年。

四月，學測結束三個月後，我和其他同學正在如火如荼地準備大學面試。我其中一門通過一階的科系是政大傳播——和班上五個同學一樣。

面試當天上午，我從家裡出門，穿上白襯衫和黑色西裝裙，一路搖搖晃晃從桃園坐車到文山區。到了政大，我看著 Google 地圖走到傳院系館前。同學傳訊息說她們到了，但我沒有看到她們。事實上，我沒有看到任何人。

我站在半山腰，抬頭看著政大傳院。早晨的霧氣圍繞在高聳的建築周遭，如今想來，那是我人生中一幕十分魔幻寫實的場景。

離面試時間還有一小時。我知道我走錯場地了，但我還是走上了傳院的階梯。然後，在階梯轉角的一座隧道裡，牆上歪歪扭扭刻著的字猛然映入眼簾——「這個世界是不會為你而改變的」。

我認得這句話，我知道這是《牯嶺街少年殺人事件》中小明對小四最後的台詞。

我很久以前就知道這段話了。然而不知為何，在那個當下、那個場景裡面，這句話在我心中激起一股震撼的餘波——我就這樣站在霧氣瀰漫的階梯上，看著牆上的那句話許久。

我突然有種感覺，好像我人生當中從許久以前開始醞釀的那股漩渦，經過這十幾年終於成形，最後帶著我來到這裡，來到這句話面前。

而現在，我可以選擇繼續待在這個漩渦裡——或是離開。

幾週後政大傳播放榜，我正取了。

填志願時，我躺在沙發上，看著手機螢幕上羅列的幾個科系，反覆填了幾種不同的排序。

我詢問過許多人的意見，老師、同學、學長姊、ＰＴＴ、ＩＯＨ、１０４人力銀行……但在那一刻，迴盪在我腦海裡的卻是隧道中那句：「這個世界是不會為你而改變的」。

最後，我將台大社會填在了政大傳播前面。

從那一刻開始，我知道一切都會不一樣了。我知道我進入了另一個起點，新的漩渦正逐漸成形。

媽媽只是靜靜在一旁做自己的事情，沒有提供任何意見。

上了台大、搬到台北之後，從前我或多或少引以為傲的文化資本一時之間不再特別。我的同學上課時帶著數十張金馬影展的票和禮盒，對我從沒聽過的電影侃侃而談；一堂華語劇場的課上，教授帶我們讀了賴聲川、李國修、郭寶崑的劇本，有些媽媽曾經提過，然而有更多她從來沒有。我開始自己去看劇場、電影，媽媽也不時會傳訊息問我最近上映的哪部電影好不好看，詢問我的感想。

前陣子，我到金馬奇幻影展看了《洛基恐怖秀》。散場時已經晚上十點多了，我有點恍惚的走在街上，抬頭看著熄燈的１０１，高聳地挺立在夜空中。

我突然想起八歲那年，電影散場後，媽媽牽著我的手走在路上，我們坐車回家。我當時牽著她的手，感受著她手心的溫度，心裡想著，不知道哪天我可以自己去看電影，像大人一樣，一個人走在街上。

如今我二十歲了，終於掙脫她的手，自己走在台北的街上，在電影散場後的夜晚漫步……卻發現原來也只是這樣而已。

我終於去看了她說過「長大之後可以去看看」的《洛基恐怖秀》……但我真的長大了嗎？

接下來我會被帶去哪裡？

漩渦還未成形，新的世界還沒有邊緣。

我就這樣繼續走著。

沙發馬鈴薯

在台中老家，阿公的臥室裡有一把藤製的搖椅。小時候，他會抱著我在那把藤椅上一面看著電視，一面輕輕搖晃，搖椅在午後的陽光下嘎吱作響。我縮在阿公懷裡，咯咯發笑。那或許是我關於阿公、阿嬤的臥室最初的記憶之一。

但在阿嬤、舅舅去世後，阿公搬到桃園，那把搖椅也在搬家過程中被轉賣掉了。

甫到新家，阿公像是剛入新水缸的魚，在偌大的空間內徘徊、尋找最舒適熟悉的角落——後來他選定了客廳內側的角落落腳。那一方角落在西曬的客廳不至於過熱，卻也能在夕陽西下時曬到一點點陽光。媽媽替阿公買了一張滾輪躺椅取代那張被丟棄的搖椅，之後來到客廳，便會看見阿公幾乎和那張躺椅融為一體，無論看電視還是吃飯都在那張椅子上，有時放學回家一開門，便看見他躺在上面沉沉睡去。媽媽笑說那張躺椅是他的寶座，晚上離開客廳之前，阿公還會特地拿一隻史努比玩偶放在躺椅上，避免他的座位被貓睡去。

因此之後第一次學到「couch potato」這個詞，便馬上想起阿公——阿公身體圓滾滾，皮膚接近褐色，無時無刻不坐在那張躺椅上的模樣，的確像極了一顆沙發馬鈴薯。在台中，阿公愛看Z頻道的《暴坊將軍》和摔角節目，到桃園裝了MOD後，阿公就開始看中視，或是龍華電影台重播的《荒野大鏢客》、《粉紅色潛水艇》、《羅馬假期》。

只是這顆馬鈴薯也不總是賴在躺椅上看電視——在我國高中時期，有很長一段時間，阿公有時還會開著他的二手車，或是騎著電動車載我上下課；或是順路到我學校附近的歌友會唱歌。

到現在我還記得，傍晚時分，我背著沉重的書包在校門口等待。不久後馬鈴薯便會戴著他的霹靂墨鏡，穿著白襯衫與西裝褲，騎著粉紅色電動車，從遠方出現——他從夕陽那端出現的模樣確實有點像他愛看的《荒野大鏢客》場景，只不過是肥胖馬鈴薯版本。

到了校門口後，馬鈴薯緩緩停下，讓我把書包掛在機車踏板。馬鈴薯太胖，我抱不住他的腰，因此只能抓著機車後面的把手。不巧他騎車騎得很慢，每次騎到平交道時火車都要通過了，所以我們總是靜靜地在平交道前停下來，閒聊今天發生什麼事。說來奇怪，當時我們都說了什麼話，我現在一點都不記得了，只記得平交道前的景象——粉橘轉為灰藍的天空、一旁的土地公廟，還有眼前的 Hello Kitty 安全帽。

在我國高中的四、五年間，他每天早上準時「砰砰砰」的敲門叫我起床，我還記得高中畢業旅行出發那天，馬鈴薯特別早起，開車載著睡眼惺忪的我去買了麥當勞早餐。

但他是從什麼時候開始不再開車？我想一定有分界性的那天，但怎麼樣都想不起來。一切是這麼緩慢而自然而然——他開始感覺視力變得模糊，心想或許是錯覺，但某天起床，他發現自己看不清楚了。到眼科檢查，醫生說是黃斑部病變，很難治癒，以後只能定期回診、避免惡化。這對一向以視力二·○為傲的他來說挫折極了。

大約也就是從那時起，馬鈴薯開始迅速衰老。

上了大學後，我大約每隔兩、三週回家一次，或許是因為這樣的間隔，每次回到家看見阿公，我都會暗暗為他的衰老感到震驚。從前還黝黑的頭髮彷彿在一夕之間變得稀疏灰白，腫脹的手腳有時開始出現青一塊紫一塊的黑斑，像是碰傷的馬鈴薯。他很少再出門，落腳處從那張躺椅換到了靠近窗邊的橘色沙發——或許是因為不再出門後，只有在這裡才能多曬到一些太陽。看不到字幕後，阿公不再看外國電影，每天看新聞、聽著重播的台語歌，坐在客廳……他睡著時我還感到好過一點，但有時他只是睜著眼睛，兩眼直直地凝視著半空。那模樣讓我更難受。我不知道他在想些什麼，每次問話，也只能問他你最近過得好不好？有時我和他講起最近在學校的生活，他的眼睛會亮起來，轉頭專心聽我說話。不過話題結束後，他又會像斷了線一般，繼續轉頭看向虛空。

每當週末結束，我拖著行李箱、轉頭和坐在沙發上的阿公告別時，總是忍不住想，我不在家的時候，他每天會這樣凝視著半空多久呢？他在想些什麼？睡著之後他會做些什麼夢？

從前我把阿公比喻成沙發馬鈴薯是一種親暱的玩笑，然而如今卻像是沉重的預言——阿公真的越來越像一顆馬鈴薯了。他逐漸在沙發上生根，意識慢慢進入我不再能探尋的境界。

幾個月前，阿姨發現阿公開始夜尿。他在半夜起床，焦急的踱著腳步走向廁所，卻總是來不及，尿液沾濕褲腿。前面幾次，他自己回到房間換上新的褲子，直到一次連床鋪都沾濕，他才同意阿姨替他買紙尿褲（基於自尊，他不喜歡我們稱其為紙尿褲，通常他都說「包大人」）。

阿公開始說一些往常不會說的話，例如哭著說要我們都不要離開他，或是一直在家中的各處徘徊、想要找到一個不熱的地方，有時他說他頭暈、胸口很悶，要我們送他去急診，但是去看了醫生後卻說沒有什麼問題。

那陣子我很害怕回家，因為阿公隨時可能會不舒服、要我們去幫幫他，或是送他去急診——陪他到醫院的時候，你不知道這一切會持續多久，坐在急診室、永無止境的等待……每次發生，都是一種對日常生活的中斷。

有天凌晨，阿姨聽到聲音起床，發現阿公仰躺在廁所門口的地板上，後腦杓流血，不知道在那裡躺了多久。阿公自己也不知道發生什麼事了，只記得他起床想去上廁所，但突然一陣暈眩，醒來時就已經躺著。我們叫了救護車，阿姨陪著阿公去醫院縫針。隔了沒幾天，阿公又在走到客廳時突然暈厥、雙眼翻白地抽搐，我們再一次叫了救護車，救護人員問誰要陪同？阿姨疲憊地看向我，眼神像在求情，我只好跟著上車。

到了醫院沒多久，阿公就恢復意識了。他跟我說他想回家，這裡很冷，他還沒吃午餐，要我問醫生他可不可以回家？我去問了護理師，她說再等一下，醫生看一下斷層再判斷能不能走。我們一直從中午等到下午五、六點，實際經歷過才知道，這種等待非常令人絕望，彷彿看不見盡頭……你不知道該去問誰、發生了什麼事，只能遵照一些你不明白意義的指令，例如先從輪椅下來、躺到那張床上；從這張床移去那張床、去照完斷層後回到這張床，接著就是在川流不息的人流中沉寂地等待。阿公說，他們是不是忘記我在這裡了？要我去問問看護理師，護理師說等醫師看完報告會過來。問了第三次，我感覺到護理師的不耐煩了，於是我叫阿公再睡一下，他躺在急診室的病床上，我疲倦地坐在一旁準備隔天的線上小組報告。

隔了一陣子後，回頭瞄向阿公時，我才發現他其實沒睡著，仍然睜著眼睛看著醫院的天花板。

那一瞬間，我忽然有種抽離的感受——這幾個月來，或許甚至這幾年來，我看著阿公的時候，只看見一個衰老的、悲傷的老者。然而那一刻，當我看著他，我突然想起那張已經被丟棄已久的搖椅；想起小時候每天睡前，他倒背如流的白雪公主故事；還有在我很小的時候，阿公在早晨背著我下樓的景象。他會把我抱到背上，背著我，一邊喊著：「賣囡仔喔！」一邊帶著我走下那條長長的階梯，我在他的肩膀上咯咯咯發笑，早晨的陽光在階梯底下等待……然後他會穿著那件襯衫，開車載我去幼稚園。

不知為何，直到那一刻，回頭看著他躺在那張病床上，我才恍然意識到，其實他們一直都是同一個人。或許他一直都記得這些事情——或許他沉默地看著半空的時候，都在想著這些我已經不再想起的事。

那天傍晚，醫生來告訴我們可以先回家休息了，之後再來回診。於是我打電話給剛下班的媽媽，我和阿公到醫院門口，等她來載我們回家。

在那之後，我們也慢慢找到了照顧阿公的平衡——現在每星期一到三，阿公會坐專車去家附近的日照中心，每週四、五，居家照服員會來幫阿公洗澡、陪他聊天，阿姨就趁著這些空檔去買日用品、散步休息。

儘管還是會夜尿，但阿公沒有再感到頭暈、胸悶了。我教阿公用手機的語音助理點歌，現在他會對手機說：「Hello Google，請播放〈一朵小花〉。」

前幾天下午，我打電話回家，告訴阿公，這兩個星期有太多作業和工作做不完，可能有兩週不會回去了，下次回家是十一月二十五、六號。

十一月二十五，阿公複述。我說對。

然後，就像以前一樣，我問他今天過得好不好？午餐吃什麼？身體有沒有不舒服？

過得好，吃豬腳飯，沒有不舒服。他一一回答。

我說好，那你好好休息：「I love you.」

他說「Too」，然後就不再說話。

阿公沒有成功掛斷電話，因為眼睛看不清楚，他時常沒有成功掛斷。通常我會默默掛掉，不過那天不知為何，我就這樣站在原地，聽著電話另一端，電視的聲音、垃圾車的聲音，還有他平緩的呼吸聲，想像此刻他正坐在那張橘色的沙發上，在午後的陽光下慢慢睡著，蔓生的藤在沙發底下生根。

輯三

他如果聽不懂，我就用西蒙波娃打他的頭

防狼

國中二年級那年，母親有天回家，從手提包裡掏出一支噴瓶，叫我把它別在書包上。我仔細端詳那支噴瓶，鮮紅色的外殼格外刺眼，比手掌還小，頂端接著一串鑰匙圈。包裝上並未寫出它是什麼，只有成分表上委婉寫著成分是胡椒水。

「這是什麼？」

「防狼噴霧。」媽媽邊收拾東西邊說道。「最近台灣很多事情，妳帶在身上，以防萬一。」

我覺得好笑，低頭看著防狼噴霧笑了起來。

「好，以後遇到壞人要騷擾我，我就噴他眼睛。」

媽媽看著我，露出某種苦澀的微笑。但當時我還讀不懂她的神情，只是低下頭，繼續饒富興味地繼續把玩那罐鮮紅色的噴霧。

隔天我將防狼噴霧別在書包上，和其他吊飾一起，喀拉喀拉地背去上學。朋友很快就發現了，湊上來問我：「這是什麼？」

「防狼噴霧。」我神祕兮兮地回答。

她們興奮地拿起來把玩，對我說：「妳拿到走廊上噴噴看啊。」

「不行啦。」我把噴霧從她們手裡搶回來，收進書包裡。

「不可以被老師發現。」

自從有了那支防狼噴霧，我時常想像如果有一天遇到壞人，我要怎麼對付他。有時在電視上看到新聞在報導性騷擾，我總會不禁心想，如果是我遇見這種事情，肯定不會善罷干休。我會先用噴霧噴他的眼睛，讓他淚流滿面、辣得說不出話來，然後我會拿出剛剛錄下來的證據給他看，告訴他我要去報警。沒錯，我應該會這樣做。然後，說不定我會上新聞，新聞標題會稱讚我是「機智的女國中生」，我和媽媽會一起接受訪問，媽媽會說防狼噴霧是她在 momo 網購的。

這種揚揚自得的國中生幻想持續了幾年。之後上了高中，我仍然將防狼噴霧別在書包上，直到學測前書包重得受不了，我才將防狼噴霧和其他雜物一起從背包上拿下來，堆在客廳角落，並且隨著時間慢慢遺忘這罐鮮紅色的胡椒水。

再次想起它，是在大學一年級的某個下午。大一那年我正熱中於參與校內社團，那天社團有活動，四十幾人一起到台北的某間 KTV 唱歌。

不知為何，我到現在還清晰記得我當天穿的衣服：一件淺藍色古著毛衣配牛仔短褲——或許是因為那天過後，我又重複確認過了許多次我的衣著到底有沒有問題。

我記得那個包廂裡的空間配置，我記得我們一群人隨機分成六、七組，每組坐在一張扇形沙發上，也記得先開口的男生坐在我的左斜前方。

「妳是什麼系的？」他在嘈雜的背景音樂中湊近，向我問道。

「社會系。」我說。

他露出一副了然於心的表情點點頭，其他人也開始自報科系、加入話題。

一陣閒聊過後，他指向包廂的角落說：「聽說這個包廂原本應該要有鋼管的，不知道為什麼這裡沒有。」

我看其他人不知道要怎麼回覆，所以順著他的話回答：「可能這家分店剛好沒有吧。」

「好可惜，滿想看妳上去跳的。」他看著我笑道。

我坐在原處，腦袋一片空白。

在他說完話的下一秒，我便清楚明白這是含有性意味的劣質玩笑。

或許我該說些更聰明的話——或許我該反擊，像我小時候在腦中演練過無數次的那樣。

但那一刻，在紛雜的包廂中央，大家都沉浸在自己的世界裡，想像自己正置身於某種玫瑰色的大學生活。我不知道該不該打破這個泡泡——如果我起身對他說，請你道歉，你那句話讓我感到不舒服，大家會怎麼看我？會不會看著滿地被我戳破的、狼藉的粉紅泡泡，覺得這個難搞的女生幹嘛要小題大作、破壞氣氛？因為我看過好多開口說出「我不舒服」的女生，也知道她們最終是如何被評價。

所以我只是怯懦的說了聲：「哭飫喔」——然後微微扯動我的嘴角。

我想我當下的微笑一定十分尷尬又扭曲，但那一秒鐘的微笑使我至今都無法原諒自己。我念社會系，我讀過西蒙波娃、學過一些性別理論，我自認為能夠清楚分辨這些性羞辱的形式與本質，然而當我終於親身遭遇，我從小到大所受的教育——一切關於禮貌、關於得體，關於合群的教育，彷彿一條牽繩，在我感到倍感羞辱的同時，仍然輕輕扯動我的嘴角。

在那一剎那的沉默過後，他們進入了下一個話題，我則藉口去上廁所、裝飲料，數次起身，和一旁的女生換了位子。

但仍然有一段時間，我身旁的女生暫時離開，他便坐到了我身邊。我全身僵硬地試圖和他保持距離，沒有仔細記憶他到底對我說了什麼，總之是一些非常日常的對話。有那麼一瞬間，我甚至開始想，或許他剛剛並沒有惡意，只是比較缺乏性別意識而已。

但就在我開始放下戒心、順著他的話題回話時，他突然抬起手，小指輕輕碰到了我的左腿，又迅速收回，對我說：「有人說過妳的眉毛很漂亮嗎？」

那一瞬的觸碰是如此讓人措手不及。或許那只是想引起我注意的觸碰——或許他不是故意的，我想如果我開口問他，他一定也會這麼回答我。但他的手擦過我左腿的觸感是這麼讓我感到厭惡……又或許比起厭惡，我更加感到困惑。

我過去看到的性騷擾，總是被清楚標示，在新聞標題上、臉書貼文中，什麼樣的行為是性騷擾，似乎已經再清楚不過。然而此刻，當它極其短暫的發生在我身上，我才明白它是隱微而模糊不清的。這一刻，他看起來不像加害者，我看起來不像受害者，我們只是大學活動剛認識的兩個人，坐在KTV包廂裡聊天，而他的手碰到了我的腿。

我可以站起來反擊、可以像我小時候想像的那樣，抓起他的手，告訴他「這樣是性騷擾」、可以對身邊的人說，請幫我作證，我要到性平會申訴。

但，就像他們總是質疑的，這是性騷擾嗎？我怎麼能確定呢？

又或許，我可以什麼都不說，假裝什麼都沒發生，試著打從心裡相信那些觸碰、那句調侃，都只是沒有惡意的意外而已。忍受這一切讓我難受，但無疑會輕鬆很多。我不必承受社團內其他人狐疑的眼神，不必擔心自己拿不出證據，也不用擔心在性平會申訴過程中受到其他人嘲諷……更重要的是，我不必跟著其他人一起懷疑自己的感受——因為什麼都沒發生。

所以最後我什麼都沒做。

在包廂內五光十色的燈球下，我縮在沙發上，微微瞇起眼睛，彷彿這樣就可以少看見一些。我忘記我們最終是如何結束對話，只記得過程中我無比乖順——我點頭、應合，像是一座滿足他男性虛榮的大型擺設。在他心滿意足地結束對話後，我坐在原處，內心一陣茫然。

我小時候總是不明白，為什麼「有些女生」面對這種狀況時總是不夠勇敢呢？但那一刻，我更不明白的是，為什麼女生需要這麼大的勇氣，才能說出自己不舒服呢？

—✝—

當天傍晚，社團活動結束後，我在回程的路上和H會合。我們並肩走在東區的街上，他仔細端詳我的表情，問我：「剛剛開心嗎？」

我抬起頭看他，一時語塞。

我想起我和H的第一次約會。那時我們都還是高中生，在網路上認識了一陣子，某天相約放學一起在操場散步（現在想想真是十分純情的初次約會）。

那天晚上，我們在夜晚的操場上並肩走著，聊了幾十分鐘，從反送中運動聊到幾個月後的學測……然而他始終和我維持著大約一個手掌的、非常微妙的距離。

交往後問起這件事，他說他當時其實緊張得不得了，所以一直在觀察我的表情、確認那是不會讓我感到不自在的距離。

那並不是「為了不要被告性騷擾」而維持的距離，而是「因為尊重對方、將對方當成同等的、有思想的人」，所以小心翼翼確認她是否舒適的距離。

直到想起和H的第一次約會，我才突然感受到一股潰堤而出的悲傷與憤怒。好像直到那一刻，我才想起有人是如此珍視而尊重著我，而我也值得如此被對待。

那時我才終於意識到，當天發生的所有事情是如此讓我感到不受尊重與羞辱，而我好後悔沒有為了自己和那些珍視我的人，做出任何反抗。

在那之後有好幾個失眠的晚上，我躺在床上，一次又一次回憶起當天的場景，我反覆確認我的衣著：一件淺藍色毛衣和牛仔短褲。那件毛衣我剛買不久，朋友都說我穿起來很好看，但我忍不住去想，如果沒有穿這件毛衣出門，或許我就可以度過一個愉快的星期天下午。或是我也會想像，如果我做出了不同的回答，一切會不會不一樣？

我在腦內演繹了無數次當天的場景和可能改變的情節，也思考下次再遇到這種狀況時要做出什麼回覆。

但同時我也知道，那個男生或許一輩子都不必再想起這件事。在那天對我而言成為某種性騷擾經歷的同時，對他而言卻僅僅是一次愉快的社團活動、一句不痛不癢的調侃，或者一次失敗的追求。

而在未來的每一天，當我聽見其他男生開類似的性玩笑、當我看見有人在網路上說女生是「破麻」或「洗碗機」、當我看見女性政治人物被性羞辱、當我聽聞校內球隊有人為了報復前女友，將他們的性愛影片播給其他人看……在我為此共感而悲傷的時刻，不知為何，我總會有些怨恨地想起那個我甚至不記得名字的男生——他是如此幸運，幸運到這些我終其一生都必須經歷、防範的事，對他而言總能事不關己，在我失眠的那些夜裡沉沉睡去。

—✝—

隔年一月，我帶著大包小包的行李回家過年。一踏進家門，還來不及坐下來休息，媽媽就指著客廳角落的雜物，要我趁著過年好好清理。

那天深夜，全家都睡了，留下我自己在客廳清理那堆雜物。

我從裡面挖出了成堆的高中考卷、一整套學測週計畫、一家八口倉皇逃竄的幽靈蛛，還有那瓶已經褪色的防狼噴霧。

我坐在地上，呆滯地看著那罐噴霧許久。有效期限兩年，已經過期了，褪色的外殼上黏著蜘蛛網。

我準備要把它丟進垃圾桶，卻突然想到，我一次都沒用過防狼噴霧。其實我很好奇它是什麼味道。

所以我——現在想想非常愚蠢地——在深夜的客廳中央，朝著空中輕輕按下噴嘴。

胡椒水瀰漫在空氣中，鼻腔深處開始難耐地刺痛搔癢。

阿虎聽到動靜，從廚房悠悠走來，我對牠大叫：「不要過來！」但已經來不及了，我們一人一貓開始在客廳中央哈啾哈啾地打起噴嚏。

我抱著阿虎逃到走廊，關上通往客廳的玻璃門。

我癱坐在地上，一面流眼淚，一面忍不住笑了出來。這一切實在太荒謬了。這是我第一次也是唯一一次用防狼噴霧，對我自己，還有我的貓。

阿虎抬起頭，用牠水汪汪的眼睛責怪我，好像在對我說：「我要跟妳媽說！」

不過隔天早上，當媽媽發現垃圾桶裡的防狼噴霧時，牠一如往常安安靜靜地睡在沙發上，什麼也沒說。

「不能用了？」媽媽回過頭問道。

「過期了。」我回答。

媽媽點點頭，關上垃圾桶。「沒有用過是好事。」

我開口想說些什麼，但最終仍然什麼也沒說。

我不知道要怎麼告訴她，我用過了，而且我明白，那些讓我不舒服的、感到難受的事情，都不是這瓶防狼噴霧能夠解決的。

夏娃

媽媽曾經向我說過我出生之前的故事。

她說，在二十六歲那年，發現自己的月經遲來了。

去診所驗孕那天，她經過台中火車站。那天台中火車站突然大停電，連周遭的婦產科都停電了。她站在一片漆黑中，突然有種不祥的預感。

在手電筒和蠟燭窘迫的微光下，醫生告訴媽媽，兩條線——她確實非預期地懷孕了。

「一個星期而已。如果沒有想要留著可以到樓上，馬上幫你們處理掉。」十多年後，媽媽咯咯咯笑著轉述。

之後的故事我們都太熟悉了：她掙扎了一番，決定把我生下來，並且和一個她不愛的人結婚，擁有一段不幸福而短暫的婚姻生活，兩年之後離婚。為了撫養我，她找了一份自己並非真正喜歡的工作，然後又有了一段最終以離婚收場的婚姻，現在處在中年轉職的迷惘期。

她還留著我的超音波照——黑白的照片中，接近人形的我蜷曲在她的子宮裡。

小時候第一次看見那張照片，我沒什麼感覺——如果我的出生是必然，那這張照片對我而言就像從小到大的其他照片：那些我穿著綠色禮服的幼稚園沙龍照、生日時在媽媽懷裡吹蠟燭的照片、高中畢業和同學抱著捧花的合照……作為我生命的紀錄，這張黑白的超音波照也只是其中一張。

我再次想起那張照片，是在羅訴韋德案被美國最高法院推翻之後。我看著那些新聞，看著「擁護生命權」派人士手中高舉的嬰兒超音波照，突然意識到，那張照片其實不同於我生命中的其他照片。

它不只是一種紀錄。

那張黑白照片，它有著非常沉重的重量——對我的母親而言，它的重量是由子宮開始增加，最後蔓延、占據她整個人生。

媽媽不只一次向我強調，她從來沒有後悔將我生下來過，生下我是她做過最正確的決定。而我也一向相信她的說詞。

國中時，其中一堂健康教育課，老師讓我們看了一些性教育影片，又給我們看了一些墮胎影片（影片裡面大致有剪刀、子宮和血）。接著她發下學習單，讓我們思考如果自己在未成年時非預期懷孕了，會怎麼選擇。

我依稀記得我們有的選擇是：墮胎、把小孩生出來送養、自己把小孩撫養長大。

我當時選擇自己把小孩撫養長大——我義正辭嚴地說，雖然我不覺得不能墮胎，但因為媽媽對我做了一樣的選擇，所以我也會決定把自己的小孩生出來。

三年之後，高中二年級那年，我在限時動態上看見我的國中同學發了一張超音波照，宣布她懷孕了，而且決定將小孩生下來。

之後，我和她的人生像是兩條平行線般，在各自的路徑上開展——我和高中同學畢業旅行時，她在準備待產；在我學測前後，她的小孩出生了；我升上大學一年級、在台大校園內騎著腳踏車去上課時，她的小孩開始學走路；在我寫下這篇文章時，她的小孩開始上幼稚園了。

我看著她們在生日蛋糕前面的合照，看著那些她孩子朝著鏡頭微笑，喊出「媽媽」的影片，想起我在那堂課上說過的話，感到一陣茫然與羞愧。如今我沒有自信再說出一樣的話了。

我真正意識到，這一切決定，我母親做的決定、我同學做的決定、美國最高法院做的決定……它對女性而言永遠都不只是「一個決定」。它是一連串巨大而無可估算的犧牲，是道德的重擔與接連而來、無所不在的義務。

所以當阿姨在我十七歲時開玩笑對我說：「妳十八歲就生小孩好了，一年生一個，讓我們家開枝散葉」，我憤怒極了。我站在房間門口對她說：「我有我的夢想，我有自己想做的事情，生一堆小孩、葬送我的人生不是我的夢想」，然後唰一聲把房門關上。

阿姨不明白為什麼我這麼生氣，只好道歉。不過她還是會繼續說十分類似的話，例如「早點結婚，這樣阿姨才看得到妳生小孩」。

很長一段時間，我對這些話感到既厭惡又生氣。

直到一天，我和媽媽在客廳看新版的《小婦人》電影《她們》，阿姨經過時，我們邀請她一起看。我原本以為她會喜歡這樣的故事，但她說了一句：「我不喜歡《小婦人》」，就回房間了，留下我和媽媽面面相覷。

社會學的課堂上有份作業，要我們訪問曾經罹患過重大疾病的親友。我訪問了阿姨，詢問她在躁鬱症發作後的人生產生什麼變化。阿姨說到她不能繼續好好念書、吃精神科的藥導致肥胖、找工作頻繁遭到雇主辭退，無法組建自己的家庭——阿姨的更年期也在去年開始了。

那時我才驚覺，阿姨不喜歡《小婦人》，因為對她而言，裡面角色擁有的那些夢想，無論是想要寫作、出書的喬，或是想與愛人結婚、共組家庭的梅格，這一切都離她這麼遠。她的日常是在家裡照顧阿公，準備三餐、洗碗、洗衣服、出門買家用品，傍晚五點去倒垃圾，其他時間看電視、看報紙，晚上清貓砂，並偶爾應付街坊鄰居問她為什麼沒有結婚、有沒有小孩（她最近喜孜孜地告訴我，現在如果有人問到這個，她就會說沒有小孩，但是有個小姪女上台大，對方就不會再問了）。

也是在那時，我意識到，無論生還是不生，無論有沒有結婚，作為一個女性，我們仍然無時無刻不感覺到那些期待與義務，隱約地看見自己身為一個女性是如何的「不完整」——即使是不婚不生的阿姨，仍然受困在那樣完整的女性圖像當中。她一再對我重複的那些想像，正是她從自己身上看見的殘缺。

或許阿姨對我說的那些話是如此刻板又令人憤怒，但那是阿姨身為一個女性，在社會的塑造之下，所能夠想到最接近夢想的、完整的女人的樣子……只是隨著時間過去，我逐漸看到那樣的美好想像背後，埋藏了多少女性的血淚，與她們原本前途似錦的未來。

上大學之後的某個晚上，我坐在男朋友的腳踏車後座，我們騎在椰林大道上聊彼此的夢想。我告訴他，我其實也沒什麼夢想——升上大學後更不知道自己想成為什麼樣子了。

他說，如果寫書呢？當作家。我說不知道欸，我覺得自己好像沒辦法把這個當成唯一的工作。我現在很愛拖稿，又時常覺得自己寫得還不夠好。

他想了想，對我說，不過他很確定，不管我做什麼都會很好的。如果需要，他也可以放棄自己的夢想，支持我的選擇。

聽到這句話的瞬間，不知為何，我開始不停掉眼淚。

或許是我想起所有沒有人問起過她們夢想、一輩子都在放棄、犧牲與退讓的女性——我的母親、我的阿姨、我的同學，那些黑白的超音波照、少了父親的兒時相簿、桌上的帳單、裝滿我文章剪報的資料夾、午後洗手台裡成堆的碗、停滯的更年期……

我在後座悄悄抹掉眼淚，對他說：「謝謝你。」

晚風吹過，我們繼續靜靜地騎在椰林大道上。

（寫於二〇二二年六月二十五日 美國聯邦最高法院推翻羅訴韋德案後）

2022.11.27 3:02

剛剛阿姨睡眼惺忪地上完廁所去睡覺，我還在寫作業，拿下耳機的時候聽到廁所不停歇的水流聲。我被吵得寫不了作業，坐在餐桌聽了很久，最後知道除了我之外沒有誰會去處理，所以終於站起來走到廁所，把水箱打開，一次又一次舀起洗手台的水倒進去。我努力倒水，但是水流很小，水箱裡的水又不停流掉，所以一倒進去就流光了，我只能一直這樣反覆持續。最後我用蓮蓬頭，水箱終於被裝滿，浴室非常沉默。我拿著蓮蓬頭站在那裡，感到沮喪。其實我沒有必要沮喪，這是一件很小很小的事。就只是把水箱裝滿。但就是因爲這件事是這麼小，所以格外讓我感到煩躁。我想到如果我不願意理會這個水箱，馬桶裡的水就會這樣流一整個晚上。我的家人，他們爲我付出很多，他們有很多很好的時候。只是這個晚上，我忍不住想，難道只有我聽得到這種細小的水流聲嗎？只有我會爲此感到痛苦嗎？ 因爲只有我會痛苦，所以我必須要處理這些事情嗎？這件事好小好小，但一次又一次的重複總是這麼讓人絕望，像是在爲不停流逝的水箱補水，不知道什麼時候才能停止這種匱乏。

酸臭之屋

我自認為嗅覺靈敏，能分辨出各種氣味——街角小吃店、地下室霉味、蟑螂蛋味、動物屍體氣味——但家的氣味，卻直到離家之後才察覺。

自從十八歲那年搬到台北的宿舍，每次回到家，我便感覺家中的空氣令人窒息……並不是真空的窒息，而是空氣流動得太緩慢，或者近乎停滯，最後在空間中凝固成濃稠狀，你必須深深呼吸才能讓它進入鼻腔。彷佛久久未被擾動的魚塘，陽光仍然每天穿過葉片照射進來，但裡面的魚吸不到氧氣。

我曾經看過這樣的一個魚塘。高中二年級某天放學坐校車回家，在家附近的小巷，我注意到有戶房屋大門深鎖，傍晚也關著燈，窗戶上只有昏黃夕陽的反射，感覺不到一絲人的氣息，只留下一個石造的方形魚塘在門外。

我原以為裡面已經沒有魚了，慢慢湊過去看，才發現裡面還有數十隻小魚在游動。牠們穿過浮萍的縫隙，抬頭看我。

自從發現這個魚塘後，每天放學我都繞一點路回家，然後蹲下來盯著它。這個魚塘有一些讓我很困惑的地方——例如裡面的水總是毫無動靜，或是我從沒看過有人餵牠們。但牠們就這樣活下來了。

後來，時間一久，我就不再去看那個魚塘了。因為我發覺它讓我感到絕望——牠們是我看過最強韌的生命，最終卻也只能一遍又一遍在一公尺的方形魚塘內、不再波動的水中，來回游動。

不久後，冬天到了，接著又一個夏天來了。學測、畢業、暑假……不需要再坐校車之後，我很快就不再想起這件事情。

直到上了大學後回家，我才再次想起它——因為我驚覺，家中的氣息越來越像那個魚塘了。

究竟是哪裡出了問題？

或許是洗手台裡成堆的骯髒碗盤——我的確討厭洗碗，每次回家我也會一起洗碗，但隔一陣子回去又會馬上恢復成原本的樣子。我曾經數次因為阿姨洗碗的方式對她發脾氣，我不明白為什麼她總愛把骯髒的碗盤堆在洗手台不處理、把廚餘連著碗一起冰在冰箱，或是直到要吃飯時才發現湯匙、筷子都還是髒的，或是把碗筷堆放在意義不明的角落，讓蟑螂在深夜爬進裡面，或是有時打開電鍋，聞到腐臭味，才發現她上次蒸完東西後沒有洗。

在對阿姨發脾氣的同時，我也怨懟媽媽總是逃避這些髒汙。

我一邊大力搓洗碗盤，一邊在心裡恨恨地想，我現在洗這些幹什麼？隔天它又會是原本的樣子。

洗碗時我逃避現實的方式是戴著耳機聽音樂，因為或許邊洗碗邊聽

〈California Dreamin'〉可以讓我暫時想像自己是《重慶森林》裡的王菲。但每次我終於洗完碗、轉身想離開，有線耳機便會被洗手台下的抽屜把手勾住，讓我動彈不得。那不過是一瞬間的事情，其實沒什麼大不了，伸手把耳機線撥下來就好了。但那瞬間被拉扯住的感受，總讓剛洗完碗的我非常、非常沮喪。不知道有沒有人能夠明白那種沮喪？那樣細小的憤怒彷彿是許多感受累積過後的具象化——媽的，連你都要絆住我嗎？有時我甚至會瞪著抽屜把手心想。

也或許是堆積如山的垃圾——它們總是堆在玄關的角落。我不明白，明明每天都會倒垃圾，為什麼怎麼樣都倒不完？

有一陣子，家中瀰漫著一股酸腐的惡臭，卻找不到來源。直到要去倒垃圾時，我提起垃圾袋，才發現是阿姨放在地上的廚餘袋破了。腐水從裡面流出來，浸濕門口的鞋子，也沾到我的褲腿上。那一瞬間，我也感到憤怒。我對阿姨說了很多難聽的話——我說：「為什麼你們就是不會想？為什麼不能在事情變爛之前先想辦法預防？為什麼什麼事情在這裡都會變得這麼糟？」阿姨站在原地，不知所措地看著地上的汙水，拿出衛生紙想擦乾。

走出家門、氣消後我想起這些話，又感到針刺般的罪惡感。我買了一支新的拖把回家（舊的已經丟很久了），向阿姨道歉，我們一起刷掉地上的腐水。

但那股惡臭仍然在家中瀰漫了好幾天，我反覆刷洗我的褲子許久才洗掉。在那股味道消失之前，我總是忍不住想起歐文・威爾許的小說名稱——《酸臭之屋》。

但是後來我才明白，這些都不是讓我感到窒息的原因。不是洗手台裡成堆的碗、不是橫行的蟑螂、不是溢滿玄關的腐水，而是每次回到家，我就意識到人是如何在生活中動彈不得。

我並不是真的這麼喜歡台北。在這裡我時常覺得沒有容身之處、沒有歸屬，但台北，這個家以外的地方，卻也讓我相信自己身上有一些可能性。在學校，我看見我的同學去非政府組織、倡議團體、公司實習；學長姊在臉書貼文更新自己的近況，研究計劃、出國留學、創業；我敬佩的教授或長輩對我說，我有一些寶貴的潛力，要好好發揮……

在宿舍裡，我種植自己的植物，一株巧克力薄荷，我訝異地發現，只要我按時澆水，它便真的會在窗台上，朝著陽光的方向恣意生長。閒暇時，我自己去看電影、聽講座、看展覽，把朋友送給我的《燕尾蝶》海報貼在衣櫃上。

在台北，我總覺得如果我想去哪裡，我就去得了；如果想要什麼，或許我便真的能夠得到——在這裡，我覺得我動得了。

但一回到家，這樣的——或許是錯覺吧——便會逐漸消失。像是膨脹的夢產生裂縫，我看見裂縫的外頭，我的家人是如何過著他們每天的生活。

阿公自從黃斑部病變後便很少出門，這幾個月，他開始覺得心臟會痛、有時會頭暈。某天凌晨他自己起床去上廁所，回房間時在飯廳跌倒，後腦杓流了很多血，縫了十針。從那天之後，如果家裡沒有其他人能看顧阿公，阿姨便也不能出門。大部分的日子，他們兩人的日常是早上起床、吃早餐、看電視，中午吃午餐、看電視，下午，居服員會來替阿公洗澡，阿姨趁這時出門買報紙，然後他們吃晚餐，一看電視。晚上，在神壇前拜拜後，阿公上床睡覺。然後半夜，阿姨清完貓砂，便繼續坐在沙發上看電視，直到她筋疲力盡，便上床睡覺。

而媽媽——每次回家，媽媽會向我抱怨她生活中的瑣事，以及她過往那些錯誤的決定。她是比較動得了的人，所以她也歷經了幾次出逃——她的再婚、轉職，儘管都有其他理由包裹，但在我看來，背後都有種出逃的渴望。

她曾經向我說過，她有幾任論及婚嫁的男友知道她的家人有精神病史後，便結束了兩人的關係。

她不只一次向我提起杯子的故事——她說有次她帶某任男友回家見家人，阿姨拿出家裡的杯子倒茶招待他，但杯口邊緣有泛黃的痕跡。男朋友自始至終都沒有喝那杯茶。那一瞬間她覺得好羞愧。那時她才忽然意識到，家裡所有的杯子都是這樣的。不久後兩人就分手了。

但她的出逃也很少成功——她最後還是會回來。有太多罪惡感總糾纏著她，衰老的父親、被綁在原地的姊姊、還在念書背學貸的女兒。

在家中，我看見人們是如何被彼此綁住，動彈不得。

那些我貼在宿舍牆上的海報、種在窗邊的植物，此時看起來都只是疲軟無力的裝飾品。在家裡，我看著家人像被困住的魚一般迴旋，然後我低下頭，一次又一次刷洗洗手台內泛黃的碗盤。

所以有次放假回家，當阿公笑著對我說，我轉學到家附近的大學好了，這樣就可以一直住在家裡。我馬上回答，我才不要一直在這裡爛掉。

話一出口，我馬上感覺到深刻的罪惡感。

為什麼我會說這種話？我難受極了。

其實我明白他想說的是他很想念我。但我不得不意識到，在深愛他們的同時，我的意識深處有多麼想逃離。

我想他們也察覺了。

在那之後，阿公沒有再說過類似的話。

某天下午，我背著電腦準備出門打報告，阿姨拿著垃圾袋經過。走過我身邊時，她突然開口對我說：「有一群漁夫在一條船上。」

阿姨原本就不時會突然說起一些她在報紙上看到的故事，我早就習以為常。於是我停下腳步，回頭等她把故事說完。

「這群漁夫出海了。他們原本想要捕鯨魚——但是最後他們什麼都沒捕到，船上的所有魚也都爛掉了，那些爛掉的魚裡面，只留下一顆珍珠。」她抬頭，笑瞇瞇地看著我。

「那顆珍珠就是妳。」

我一時語塞，笑了一下，然後和阿姨道別。

走出家門後我才開始掉眼淚。

阿姨說得輕快，她的比喻卻讓我刺痛。

她知道對我而言，他們的生活是窒息的。我一直暗暗把家人比喻成被生活圍困的魚，但對阿姨來說，他們是漁夫。這群漁夫，我的家人，他們曾經在海上航行，有他們前途光明的人生——直到某天，他們發現那不會發生。所以他們看著我，像是在看他們唯一孕育出來的、讓他們感到驕傲的珍珠。

這讓我好痛。

幾天後，我又回台北了。

在夜間急駛的列車上，我發現窗外的城市燈光像極了一個個燈塔——我想像這個城市中的漁夫們，坐在他們不再移動的巨船裡，等著他們的珍珠回家。

日光節約時間：偏頭痛

四歲以前我姓林，名叫林文郁。父母離婚那年，媽媽賭氣似的將我的名字改成宋文郁，此後我的姓名乃至人生中再也不見父親的蹤影。

我總是從他人口中聽說我和親生父親的共同點：我們的眼睛很像，睫毛像是被一根根嵌進眼皮一般，長的像駱駝。媽媽那裡的家人全都是O型血，只有我和父親一樣是B型，媽媽有時會開玩笑說我是家族裡的叛徒。

除此之外，我不知道自己和他有什麼相像的地方。他在我的記憶裡是一縷模糊的人影，古龍水味從襯衫深處散發出來。我最後一次見到他是三歲那年，也就是十七年前。

媽媽很少主動提起他的事。小時候，我經常在媽媽半夢半醒之際鑽到她的床邊，要她說些關於父親的事情，有時她會轉過身說：「我累了」，有時她會半瞇著眼，開始說起他惡劣的事蹟。她說起她在月子中心的時候，其他孕婦身邊都有丈夫陪伴，只有她是自己一個人。她說幾個月後我父親終於從國外留學回來，一看見我就抱起我上下端詳，像在驗貨；到了我三歲那年，打完離婚官司、媽媽取得監護權後，他就不見蹤影，大概是不想付贍養費。

其實那些不是我想聽的。當時我看了一套叫《波西傑克森》的小說，男主角的母親再婚，直到某天他才知道他的親生父親是海神波賽頓。父親的空缺讓我對自己身世多了想像空間，我有時會想像自己比身邊的同學特別。每次躺在操場上，伸手作勢撥開雲，太陽便真的從雲裡面探出來的時候，我都不禁想像，說不定媽媽在說謊，我的親生父親其實是風神或是太陽神。

然而兒時曾經和媽媽一起看芭比娃娃電影，電影裡有個長著一顆蘑菇頭、相貌醜陋的反派角色。這似乎帶給媽媽靈感，於是她開始稱呼我的生父是「蘑菇頭爸爸」。日後無論我再怎麼想相信自己的父親是個偉大的希臘神祇，在媽媽口中，他總是那個長著蘑菇頭的奸詐小矮人。

第一次清楚看見父親的臉，是我在老家的抽屜偶然找到媽媽結婚時的照片，那時我才發現父親其實長得並不像媽媽形容的醜陋奸詐小矮人。相片裡媽媽穿著紅色禮服坐在椅子上，父親則牽著她的手，低下頭看她，長長的睫毛低垂。

不過我對那張照片的記憶也僅此而已，不到五分鐘，外婆就發現我從抽屜中翻出這張照片，又驚又怒地從我手中「唰」一聲抽走，握著那張照片，喃喃自語地走出房間。

於是我童年對父親的記憶也就此截斷。

從我國中開始，媽媽好像覺得「蘑菇頭爸爸」不再是適合我年紀的稱呼，不得不提起他時，便改口稱他為「林XX」（XX中裝的並不是他的名字，而是她真的就叫他「林叉叉」）她不再忌諱向我提起他，有時會主動說起他們認識的經過、離婚的過程，她提起這些過往的口氣像是迫切地希望我能理解，甚至有點像是對步入青少女的我提出某種警示。

「我非常後悔遇見他……但我不後悔生下妳。妳是過程中唯一美好的事情。」她說起那些故事時會這樣開頭。

然而在她修正版的故事中，我開始發現一些令我困惑的細節。

例如她說到我三歲生日那年，父親送了一塊非常巨大的蛋糕過來。媽媽吃了一口，覺得實在太難吃了，於是整塊丟掉；或是他在媽媽取得監護權之後，某天沒有經過媽媽同意，偷偷到保母那裡把我帶走，坐著計程車帶我到湯姆熊遊樂場，最後是外公氣急敗壞的趕到湯姆熊遊樂場來把我帶回家。媽媽說到這裡，我也隱約想起三歲的我在湯姆熊遊樂場的球池裡玩。離開之前面目模糊的父親請我吃了一支冰淇淋，問我好不好玩？但我忘了我怎麼回答他。

在這些故事中，他所做的一切是這麼令人費解。我不明白，他把生日蛋糕送來的那天，還有坐計程車帶我到湯姆熊遊樂場的時候在想些什麼？下定決心不再出現的那天又在想什麼？他有那麼一瞬間，曾經因為遺棄我而感到罪惡嗎？或者，他認為自己遺棄我了嗎？

如果不是，他怎麼對自己解釋呢？

多年後我看了岩井俊二的《花與愛麗絲》，其中一段，由蒼井優飾演的愛麗絲在電車上與自己的父親告別。車門關上之前，她對父親說「ウヲアイニ（我愛你）」，父親笑了，說這時候要說「再見」。

我想起和父親最後一次見面，卻怎麼也想不起來，他對我說的最後一句話到底是「再見」還是「我愛妳」。

有天下午，媽媽把一只箱子放到我房間門口，對我說：「這是林X X留下來的東西，留給妳做紀念。」

我打開箱子，裡面有一些不知有何用途的器械、手錶，還有一本《荒漠甘泉》。

當天晚上我在床邊翻看那本陳舊泛黃的《荒漠甘泉》。在「我喜愛憐恤，不喜愛祭祀」的那頁頂端，有一行工整的字跡寫著：「我很虛偽，也決定不再這麼做。」

我想像十幾年前的某個晚上，父親躺在床上，或是坐在書桌前，在昏黃的書桌燈下，提筆寫下「我很虛偽，也決定不再這麼做」。

那一刻，我確切地感受到自己的父親的確是個人。他不只存在於我媽媽說的那些故事裡，不全然是我所想像出來的那個扁平的、不負責任的父親角色，而是一個有血有肉的人——而我的體內確實留存著他一半的血。格格不入的B型血。

約莫也是從十五、六歲開始，我時常受到偏頭痛的侵擾。每次頭痛起來，都覺得我一部分的神經用一種令人生厭的方式纏在一起了。

有人說梵谷是因為頭痛得受不了才舉槍自殺，我媽媽嚴正駁斥了這個說法，但我在偏頭痛的當下想起這件事，總覺得十分有道理。血管激烈跳動、走起路來都覺得腫脹的腦袋在用力搖晃，快變成豆腐渣，大概只有偏頭痛過的人才明白那種痛楚。如果子彈穿過去可以停止這種疼痛，那無疑也是一種選項。

頭痛的時候什麼都沒辦法做，我會暴躁無比的強迫家人把所有發出聲音的家電關掉，然後像穴居的盲蛇一樣，蜷縮在房間的角落，不讓任何一點光和聲音進入我的房間。

清醒的時候我追求刺激，也喜歡各式各樣的光，但是在我頭痛的時候，每一種試圖侵入我房間的光跟聲響似乎都在毀損我的腦神經。平常有種錯覺，覺得自己可以努力當個好可愛好善良好相處的人，但是頭痛的時候，手機傳來每一則訊息都讓我幾近崩潰，心想閉嘴啦，你們閉嘴吧。就像你們不在乎別人一樣，誰在乎你們日復一日的無趣生活還有網美咖啡廳啊。我吃止痛藥，和熱水袋一起窩在棉被裡，等周遭的一切開始變得混沌不明，連自己的意識都緩慢地融化成一團爛泥，我才能慢慢睡著。

這種時候，阿姨總會偷偷戲稱我是家裡的暴君。

那天我偏頭痛又犯了，覺得自己房間太悶，所以到阿姨床上躺著。媽媽想出去吃午餐，推開房門，對我說：「要出去了嗎？大家都在等妳。」

我問她可以幫我打包嗎？她有點生氣地皺起眉頭說，那不如大家都訂便當就好了。

所以我對她說：「妳根本不知道我有多痛。」

媽媽沉默了一陣子，問我想吃什麼後，就和外公阿姨一起出去了。

我躺在一片黑暗中，突然想到，其實她是真的不知道我有多痛。

骨）。最後一個醫生說偏頭痛沒辦法根治，只能感覺到前兆時就吃止痛藥。他問媽媽，家裡有沒有其他家人會偏頭痛？這可能是遺傳疾病。

媽媽曾經帶我去看過醫生，我們看了中醫和西醫（偶爾也帶我去整

媽媽困惑地搖搖頭。

也是直到那時，我意識到其他家人都不會偏頭痛——除了我父親，我不知道他會不會偏頭痛。

回家後我上網搜尋，發現有百分之七十的偏頭痛患者是遺傳自近親。我忍不住猜測自己或許也是那百分之七十。

每次在小說中看到關於頭痛的精闢敘述，總讓我對作者有種微妙的同理與親暱感。那一刻，想像父親和我或許共享著這份疼痛，也讓我有同樣的感受。

我心想或許爸爸也和我一樣，在一些夜晚孤伶伶的躺在台北某個屋子的角落，靜靜地忍受著神經深處的陣痛。不同的是沒有人愛他，沒有人端溫水跟止痛藥給他。

不知道他有沒有想過或許很多年以後，他的女兒會跟他一樣躺在床上忍耐著偏頭痛帶來的痛楚。我們有在一樣的時間痛過嗎？

他偏頭痛的時候會想起我嗎？

那個下午，我就這樣躺在阿姨的房間裡，混亂想著這些事情睡著。

再睜開眼睛的時候，他們已經帶著我的午餐回家了。儘管每個人都知道彼此已經講過了，但他們都還是來到房間，探頭跟我說：「午餐已經帶回來了，趕快去吃。」連貓都若無其事走進來看了看我，再揚起尾巴走出去。

於是我從床上坐起身，怔怔地看著阿姨房間角落那隻黑色的金魚，緩慢地讓自己從偏頭痛中抽離，沒有再想起爸爸。

2023.01.25 16:02

能不能什麼都不想？不去批判、不去思考、不去產出一些什麼，天線關閉，也不去眞正接收。兩眼發直的看著半空，從靈魂深處透出空泛的微笑——我很快樂、我很快樂，我要這麼說。

瑪格麗特說

我聽過家人說過無數遍，關於我如何開始說話的故事：第一次開口說的英文單字是「seven eleven」、想上廁所的時候跑到媽媽面前，比著自己的陰部說：「噓噓！」

其中一個阿姨津津樂道的故事是，某天下午她在陽台澆花，我站在旁邊看著，看了一陣子之後開口問她：「阿姨，妳總是這麼沮喪嗎？」

「『沮喪』，妳那時候才兩、三歲而已欸！」阿姨至今仍然會一遍又一遍驚嘆地說道。

我不知道「沮喪」對兩、三歲的小孩來說是否真的是超齡的詞語，又或者只是阿姨一廂情願地誇大了我的資質。不過在那之後，我的確也走上了那條和許多人一樣的路：幼稚園，我開始看繪本、學寫字；小學，我把小說藏在課本底下、看金庸或奇幻小說，寫了一些作文被選為佳作；國中，老師替我把我的週記投稿到《國語日報》，寫的是我和我的貓的故事；高中，我通過一些考試、進入語資班；大學，我開始看社會學論文，學「異化」、「情緒勞動」、「標籤理論」、「犬儒主義」之類我至今也不敢說自己已經了解的詞語……然後現在坐在咖啡店，寫下這些給你。

如果說在幼兒時期學習的是如何竭盡全力表達，那麼之後我開始學習的，大概便是如何收斂語言，將自己想說的，詮釋成美的、有意義的——在這樣的過程中，我的「語言」逐漸成為「文字」。

尤其從高中進入大學的夾縫之間，我更是清晰地意識到兩者之間的差異：我說話時，如果感到緊張，便會收緊聲帶，用娃娃音說話。有時，例如在分組討論時，即便我很肯定自己的觀點，我仍然會加上一些「我覺得……」、「說不定……」、「……嗎？」這讓我在說話時感到比較自在，不必擔心自己被當成「強勢的討人厭女生」，但我也注意到，這樣的習慣讓我的觀點未必總是被尊重。有幾次，我甚至覺得有些男生說了和我一模一樣的話——但不知道是不是我的錯覺，似乎只有在他們用穩重而低沉的聲音開口說話時，大家才會專心聽。

但在寫作時，我不擔心沒人聽我說話。在文字之後，每個作者都是面目模糊的人——我的性別、我的聲音、我的長相、我的年齡……一切都暫時無關緊要。

世界彷彿靜止了，你必須靜下心來聽我說話。

這片刻被建構起來的模糊空間讓我感到安逸。我一頭鑽進方塊字所堆砌起來的防空洞中：我透過文字來理解世界，也將我看見的世界轉化為文字。

在寫作之外，有時我甚至覺得自己喜歡在 Instagram 發限時動態、在臉書貼文，勝過與人實際談話——我精心挑選能呈現自己樣貌的每個字詞，我不擔心被反駁或我的語氣出了差錯。

透過文字，我控制他人的觀感、將自己的意識層層包裝，才放到眾人面前。朋友有時會笑說我的文字和現實中的我本人彷彿是兩個不同的人格，但我難以克制……畢竟這樣的互動如此安全。

隔著書頁、螢幕，隔著一層文字的膜，我得以展現自己的一切脆弱、憤怒、欲求與缺陷，並全身而退。

也因此，我大概是在很久之後才開始反省語言的意義。

在大學一年級的暑假，我看了吳明益老師的〈人如何學會語言〉，對裡面描述的手語感到非常著迷，於是傳了幾個手語教學影片給男朋友，以「在圖書館方便溝通」的名義要他跟我一起學。

我們看了幾個影片，不過最後留下印象、稍微學會的，只有「謝謝你」（雙手拇指舉起輕點兩下）和「我愛你」（右手食指比自己、舉起左手拇指，右手攤開輕撫拇指背面，接著右手食指比向對方）。

之後除了二級警戒開始那天，兩人在車站道別、隔著票閘比「我愛你」以外，我們幾乎沒有再用到手語（畢竟只會「謝謝你」和「我愛你」似乎也無益於在圖書館溝通），我們的手語學習計畫就這樣擱置。

幾個月後，疫情稍緩，台大終於開學。開學前一晚，我從桃園搭車回到台北，H到捷運站接我。他替我提起行李箱，我們並肩走進羅斯福路底下的地下道。

下了樓梯，我們看見有對夫婦在地下道的中央賣花——經過他們身邊時，我看著陳列在地上的花束，不禁停下腳步。H看出我喜歡其中一束白色的瑪格麗特，抬頭問他們一束花怎麼賣？

直到中年男子用手比出「五十」，我們才發現他們是聽障者。H轉頭問我喜歡嗎？可以買給我，當成我回到台北的禮物。

其實我不是這麼想要買花，甚至覺得擺在書桌前有點礙事，但那對夫婦正朝著我們微笑，而地下道中央只有我們。我只好有些侷促地點點頭，H於是把五十塊交給中年男子，而一旁的婦人則雀躍地拿出印有俗氣花紋的包裝紙，替我包起那束瑪格麗特，並將花束遞給我。

在我小心翼翼接下瑪格麗特的同時，她突然伸出拇指，朝我輕輕點了兩下。

我震驚地瞪大眼睛，因為那是我唯二看得懂的手語之一——她在說「謝謝妳」。

我急忙騰出手，也朝她輕輕點了兩下。她同樣有些驚訝地瞪大眼睛，臉上瞬間綻開笑容。

走出地下道後，我問H有沒有看到剛剛發生了什麼？我說那個太太比的是「謝謝妳」的手語。H意會過來，但仍然有些困惑，不明白這為什麼會讓我有這麼大的反應——畢竟聽障者用手語溝通，似乎再自然不過，而我們能看得懂也是湊巧而已。

那天晚上，我躺在床上，試著釐清自己究竟感受到了什麼？為何會在當下感到如此強烈的衝擊？

我發現讓我有所觸動的，並不是「她在比手語而我看得懂」，而是「她決定向我比手語」：那是如此直接的語言與情緒。她甚至不確定我能不能看懂，但她還是伸出手，對我說了「謝謝」。我不知道在這之前她已經對多少人說過謝謝？他們看得懂嗎？

我們呢？即使這次碰巧能看懂，但我們還有多少看不懂，卻也從來不覺得需要知道的事情？

我和男朋友輕率學習的手語，其實是他們竭盡全力在傳達情感的方式——我盯著天花板，心裡感到隱隱作痛的內疚與羞愧。

我從小到大都在學習如何用文字來武裝自己……我深信文字帶來力量，因為在那些脆弱的時刻，我的確藉著書寫與閱讀，重新感受到權力和自我價值，所以我也無時無刻不在試圖把我經歷到的一切化為文字，同時也無可避免地臆測、迎合、反覆修改。

這讓我幾乎忘記，文字並不是唯一有力量的語言。

就像三歲那年，我站在陽台上看著阿姨澆花，不急著去定義什麼、詮釋什麼，就只是站在花園中央，抬頭看著她，純然地感受她的情緒，純然地說出我的疑問：「妳總是這麼沮喪嗎？」

——後來的故事是，阿姨回過頭，啞口無言地看著我。

她問我知道沮喪是什麼意思嗎？

我說知道，是過得很不快樂的意思。

阿姨笑了起來。

她患有中度躁鬱症，但當時三歲的我還不知道「精神疾病」或「躁鬱症」這些名詞，於是選用了我唯一知道也覺得最適合的詞語：「沮喪」。

或許在那一刻，她也感受到了我在地下道裡感覺到的情緒——它細微而直接地穿透了文字和話語構成的殼，找到了習慣窩藏在深處的我們。

那讓我們清楚意識到自己的脆弱……掌握定義和詮釋的權力令人感到安全，但有些事情，是必須先去純然感受的。

例如那個總是坐在羅斯福路的騎樓角落、看著行人來來往往的老人；例如那對在地下道用手語聊天、等待下個客人經過的夫婦；例如我的阿姨，和那些她每天下午細心澆灌的、不知名的花。有好多詞語可以標記他們，無家者、聽障者、精障者、身障、弱勢、社會邊緣人……然而當你直視他們的眼睛，你知道他們不只是這些名詞。

他們有些話想對你說，而你必須停止定義他們。

那天晚上，我就這樣想著這些事情，慢慢睡著。

黑暗中，那束透白的瑪格麗特靜靜安睡在書桌的角落。

很久以後，我才知道它的花語是「驕傲、滿意、喜悅」。

我們都會成為很棒的中年女人

給小豬和兔兔：

前陣子，我生日過後幾天，小豬偷偷塞了一張生日卡片給我。我當下沒有拆開，直到當晚回到宿舍才打開來看。看完之後我坐在書桌前哭了很久。

有些想對妳們說的話很難當面說出口，所以請容我把這封信放在這本散文集的最後。

我記得第一次見面時是一年前，小豬問我為什麼想念社會系？那時小豬還在讀高中，而我是大學二年級——那正是我一直不停在腦海裡質問自己同樣問題的時候。所以我脫口而出說：「對啊，為什麼啊？」現在想想，這對當時正值高中的妳實在不是妥當的回答——或許我應該說一些更有意義、更有啟發性的答案才對。不過事實是，念社會系的這些年，我確實更常感覺到迷惘與痛苦——並不是因為我不明白我在做什麼，反而正是因為我認為我開始看得更清楚自己與他人在做些什麼。

從小到大，我想過到NASA當太空人或科學家，後來迷上Discovery，便邊看邊幻想自己是動物學家或動物攝影師，再長大一些，看了一些推理小說和懸疑片之後又開始想像我變成警察或法醫的模樣。導演、總統、小說家（只能是兼職）……我想過各式各樣未來的我的可能性——除了現在這個念社會系的我。

但我想有些事情終究是命中注定。

在我很小的時候，我曾經相信我有一種才能——一種看見微小美麗事物的才能。那些非常小的昆蟲、山裡的蛇、捕鼠籠裡的老鼠、從水溝縫隙長出的雜草、常人不會注意的陰暗角落、空中飄浮的垃圾袋，那些讓你下意識移開視線的人……我在他們身上看見一些美麗的事物。當旁人移開視線時，我總會繼續看著，感覺到靈魂深處（——如果你們相信有的話）被隱隱觸動。小時候，我的家人、老師總會稱讚我的觀察力，而我也相信這確實是一種才能。然而隨著年紀增長，我才漸漸發現，一旦你看見那些美麗的事物，你也將要一併看見他們遭遇的那些痛苦、悲傷……這幾乎讓我難以忍受。

幾個月前，我騎著腳踏車經過台大後門附近一條小巷。我的視力在夜間一向不好，然而當腳踏車迅速經過一團灰黑色的毛球時，我立刻就明白那是什麼。那是一隻死在路邊的老鼠。我在路邊剎車，猶豫了很久。我想正常人的作法是頭也不回地直接騎走，更正常一些的人或許根本不會在意這隻老鼠……但我決定掉頭回去看牠。就像你能想像得到的死老鼠一樣，牠躺臥在路中間，身上已經被無數台車輾壓過，在中間破裂的部分以外，留下勉強完整的屍體輪廓。那天晚上飄著毛毛雨，我就這樣站在一旁低頭看著牠。事到如今，我也不明白自己為什麼要選擇看見這些——只是在那個當下，我突然感覺到，並不是小時候那些夢想決定了我是什麼樣的人，不是那些電影、小說、火箭升空的影片、作文裡的夢想……而是無數次這樣的選擇決定了我是怎麼樣的人。我是一個看見死老鼠會停下腳步看著牠、記住牠的人，因為我明白牠存在，牠的痛苦真實發生，而我不願意移開視線。

很長的一段時間，這一切讓我感到窒息——當我想到未來，我不再像小時候那樣想到一些閃閃發光的圖像，而是意識到那些我日漸衰退的部分、他人在生命中所承受的疼痛，以及那些不知何時即將來臨的喪失。未來讓我恐懼，我幾乎不敢想像自己成為一個中年女人。因為我想起中間必將經歷的那些疼痛，我想起我的母親、外婆說過的那些故事，自從懷孕之後，她們是如何從發著光的少女褪色到平凡中年婦女的模樣，那些曾經屬於她們的可能性是如何衰竭、死去……我害怕成長，因為我認為從某個時期開始，成長不再意味著獲得，而是學著如何面對喪失，所以我從來沒有想像過自己步入中年的模樣，一次都沒有。

但我想在遇見妳們之後，有些事情變得不同了。

在收到小豬的生日卡片後，某天下午，我在宿舍洗衣服，我低頭整理衣服時，想起小豬過去曾說過她不想太過依賴他人，因為她害怕自己喜歡的人們會像過去一樣離開她，所以她總是在那之前先保持距離——因為被拋棄的感覺太痛苦了……然而小豬還是寫了這張生日卡片給我，這對她來說或許已經要鼓起好大勇氣。

我想到前陣子，某天晚上，我接到電話，朋友哭著說她吃了太多鎮靜劑卻還是睡不著。我趕到她的宿舍，看著她倒在床上哭泣。她哭了好久，一直對我說對不起，她好想死，她不知道為什麼自己會變成這樣子。我說沒關係、沒關係，直到她慢慢睡著，我起身到浴室把她已經綁好的曬衣繩剪斷，把椅子搬回原位。那天清晨，她起床後我們如常聊天。那時我看著她，突然發現我好希望能跟她一起步入中年。養幾隻貓，房間裡有盆栽，那時候她已經不想死了，我們會在愛中活著。

在這之前，我從來沒有這樣想像過。

再過不久，小豬和兔兔即將要上大學了，就像現在的我們一樣。接著，再過十幾年，我和你們都會變成中年女人。我想到未來有天你們成為中年女人的樣子，想到等到那時，你們可能已經遇到好多不同的人事物、可能會明白自己能好好的被愛著，也慢慢能夠鼓起勇氣去愛人……我便發現我不再感到害怕了。

我好想跟你們一起成為中年女人。那會是多麼美好的一件事——到那時，過去那些痛苦與悲傷已經離我們好遠，我們重新學著愛人與被愛、各自經歷不同的事情，但最終我們會繼續生活……就像小豬說的，我們用力的活著。

然後，我們都會成為很棒的中年女人。

祝好，
文郁

後記

從小到大看到各種書籍最後的作者後記，我都會忍不住偷偷想像，如果哪天輪到我寫後記要寫些什麼；在寫作的過程中，想像自己完成這篇後記也實在是我的最大動力——沒想到現在真的可以寫了，我才發現體內有股深深的疲倦與無力感，好像已經擠出先前這些墨水了，如今不知道還能說些什麼、從何說起。

其實這本散文集的出版讓我頗為焦慮，至今仍然不知道未來的讀者究竟想從一個二十歲女生的眼中看見什麼？從十八、九歲那年本書編輯和我聯絡，到現在寫作完成，短短兩三年的時間，我回頭重看一些篇章時已經感到不忍卒睹（在溫州街的咖啡店校稿時，幾乎要羞恥到把自己埋到沙發的縫隙裡）。現在很多話我已經不會再用這種方式說，或者說也不再懷有過去那種迫切而單純的溫情主義信仰了。在青少女時期的文章中我似乎總急切地要開口說話、為事情下定義，替自己與他人找到答案，到現在也開始覺得這未免過於自以為是了。或許我能做的，只有如實呈現自己當下的迷惘。這樣究竟是一種成長還是退縮？我還不想過早下定論。

本來以為寫這篇後記時能夠舒舒服服地坐在某個咖啡店，或是像吉本芭娜娜一樣在旅遊途中看著風景完成，沒想到此刻窩在台北的宿舍裡，同時還得忍受著生理上的各種不適。最近尤其嚴重的是月經前的偏頭痛。前幾天偏頭痛發作了一整天，我在一晚上吐了兩次。

關於我的偏頭痛，有個不為人知的小祕密是，每次頭痛發作時，我總會在半夢半醒間想像有些荒謬的神奇療法能夠治療我——例如我會想像有一群小精靈在我的神經裡面，在發炎的肌肉間塗上綠色的神奇藥膏；或是我會想像有個厲害的整骨師用力拉一下我的脖子，一切疼痛就

「喀」一聲地結束了；或是一雙黃金按摩手幫我舒緩後頸的肌肉；或是一位神祕中醫師替我針灸，針拔出來就好了……

不過其實大多數時候，這些事情都沒發生（除了神經裡的小精靈我不能證實外）。真正發生的，是我躺在床上熱敷，一面不停想像這些好起來的方法，一面在疼痛中呼吸，慢慢睡著，直到漫長的疼痛結束。

不知為何，一邊從偏頭痛中復原，一邊重新校稿這本書的過程中，我突然感覺到兩者有些異曲同工。

面對那些難以治癒而不可見的疼痛，通常沒有什麼轉捩點。那些疼痛和苦難不會「喀」一聲地消失，你只能一面幻想著那些不存在的神奇療法，一面熱敷、深呼吸，然後在很漫長、很漫長的沉睡中康復。

這才是真正會發生的事情。

如果有人此刻也感到疼痛，希望我甫才領悟到的這件事能夠幫助你。

感謝所有直接或間接使得這本書（以及我）能夠誕生的人們，也謝謝所有閱讀到這裡／從這裡開始閱讀的人。無論此刻你人在哪裡，很高興能遇見你。

（二〇二三年三月六日 午後，寫於台大女生宿舍，與我的竹節蟲）

禮物

作　　者——宋文郁

社　　長——陳蕙慧
總 編 輯——戴偉傑
主　　編——何冠龍
行　　銷——陳雅雯、趙鴻祐
封面設計——兒日
封面繪圖——羅荷 He Lo
內頁排版——簡單瑛設
校　　對——呂佳真
印　　刷——呈靖彩藝

出　　版——木馬文化事業股份有限公司
發　　行——遠足文化事業股份有限公司（讀書共和國出版集團）
地　　址——231 新北市新店區民權路 108-4 號 8 樓
郵撥帳號——19588272 木馬文化事業股份有限公司
客服專線——0800-221-029
客服信箱——service@bookrep.com.tw
法律顧問——華洋法律事務所 蘇文生律師

初版二刷——2023 年 06 月
定　　價——320 元
I S B N——978-626-314-385-2（紙本）
978-626-314-418-7（EPUB）
78-626-314-417-0（PDF）

國家圖書館出版品預行編目 (CIP) 資料

禮物 / 宋文郁著 . -- 初版 . -- 新北市 : 木馬文化
事業股份有限公司出版 : 遠足文化事業股份
有限公司發行 , 2023.04
面 ;14.8×21 公分

ISBN 978-626-314-385-2 (平裝)

863.55　　　112001889